Jens Guischard

Tiefebbe

Erzählung

Für Tante Erika

Mein Dank gilt insbesondere:
Susanne
Kurt
Antonia und Marc

Personen und Handlungen sind frei erfunden
Impressum
Bibliografische Information der Deutschen
Nationalbibliothek:
Die Deutsche Nationalbibliothek verzeichnet diese
Publikation in der Deutschen Nationalbibliografie;
detaillierte bibliografische Daten sind im Internet über
http://dnb.dnb.de abrufbar.
© 2021 Jens Guischard
Lektorat: Katharina Weber
https://lektorate-berlin.com/

Korrektorat: Kurt Müller
Herstellung und Verlag: BoD – Books on Demand,
Norderstedt
ISBN: 9783755757283

Volles Haus, doch wieder mal ein leeres Bett
Schließe meine Augen, leg mich neben dich
Wie viel wiegt 'ne Minute, wenn sie dich für immer schweben
lässt
Ich versteh es jetzt
Glück kommt, wenn du es gehen lässt
Wieso renn ich vor dem Regen weg?
War nur ein Feigling, den man stehen lässt
Ich seh es jetzt
Und all die Jahre wie im Flug
Hab ich's nie wirklich versucht
Liebe braucht kein Baumhaus, braucht keine Traumfrauen
Liebe braucht Mut
Und davon hab ich grade nicht genug
Dreh mich um und mach die Augen wieder zu
badchieff, Edo Saiya & CRO
"Ich liebe"

Teil I

Anika, unser Cockerspaniel, zog an der Leine; ich drehte eine Runde um den Teich, der direkt hinter dem Haus meines Freundes lag, vermutlich ein Bombenkrater oder vielleicht war dort irgendwann mal Kies abgebaut worden, auf jeden Fall vor meiner Zeit. Einige Kinder spielten am Ufer, der Schäferhund von nebenan kam auf uns zu, schnupperte kurz und verschwand so schnell wieder, wie er gekommen war.

Mein Bauch krampfte schon zum zweiten Mal so stark, dass ich kurz zusammenzuckte, ich dachte mir nichts weiter dabei, an diese Art Kapriolen in meinem Bauch war ich gewöhnt.

Es war April 1983, der erste warme Tag im Jahr, es war später Nachmittag, vielleicht 18 Uhr.

Mein Vater arbeitete im Garten, setzte die ersten Samen in den Boden: Spinat, Radieschen, Kopf- und Feldsalat. In der Küche klapperte meine Mutter mit dem Geschirr. Ich leinte Anika ab, sie trottete zu ihrem Knochen, an dem sie schon den ganzen Nachmittag genagt hatte. Ich setzte mich auf einen Stuhl im Garten, lauschte dem Zwitschern der Vögel; der endlose Winter war endlich vorbei, monatelange Dunkelheit, Regen und das schwere Grau der Wolken, das uns mehr und mehr runtergezogen hatte, mit einem Mal war alles vergessen.

„Abendbrot", rief meine Mutter aus dem Fenster. Wir aßen immer zusammen, mein Vater mit seinen dreckigen Arbeitsklamotten, meine Mutter, mein Bruder und ich.

Mir ging es nicht so gut, das Ziehen beim Spaziergang entwickelte sich zu leichten Magen-Darm-Krämpfen. „Marcus, du musst was essen", ermahnte mich meine Mutter. Ich konnte nicht, quälte mir dennoch ein, zwei Brote rein, vor allem damit meine Mutter nicht nervös

4

wurde und sie ihre Fürsorge den gesamten Abend gezeigt hätte.

Gegen Abend steigerte sich das Stechen zu krampfartigen Beschwerden und gipfelte in einen Brechdurchfall; ich lag zumeist wach und hatte unerträgliche Schmerzen.

Völlig gerädert kam ich am Morgen zum Frühstück; meine Mutter rauchte am Tisch und erschrak: „Junge, wie siehst du denn aus?" Sie drückte ihre Zigarette im Aschenbecher aus, der zwischen Marmelade und Butter stand. Ich schilderte ihr meine Beschwerden. Sie bereitete sofort eine Wärmflasche vor, wickelte zwei alte Handtücher darum und führte mich zum Sofa. Sie stellte einen Pfefferminztee auf den Couchtisch und räumte sogar den halbvollen Aschenbecher beiseite, bei dessen Geruch mir wieder schlecht geworden war. „Warte ab, die Wärmflasche und der Tee wirken bald, dann geht es dir besser", sie streichelte meine Hand, „ich ruf nur eben in der Schule an, dass du heute nicht kommst."

Ich hörte sie telefonieren, hörte meine Mutter leise am Telefon mit dem Sekretariat sprechen: „Ja, krank, ja, mmh, ja, auf Wiederhören." Danach widmete sie sich der Hausarbeit: Frühstückstisch abräumen, saugen und so weiter; bei dieser für mich beruhigenden Geräuschkulisse döste ich langsam ein.

***

Zur Schule unterhielt ich eine Art Hassliebe; mit ihr ging es nicht, ohne sie auch nicht. Das Unglück begann schleichend zu Beginn der neunten Klasse, mit Beginn der Pubertät. Bis dahin war ich noch ein mittelmäßiger, bemühter Schüler, der auch ab und an mit besonderen Leistungen brillierte, aber ebenso auch mal die schlechteste Arbeit schreiben konnte. So hielt sich das die Waage, die einen Lehrer lobten mich über den grünen Klee, sahen in mir einen tollen Schüler – was zugegebenermaßen eher selten vorkam – während andere die Hände über dem Kopf zusammenschlugen, die Stirn runzelten und sich fragten, warum dieser Junge überhaupt auf dem Gymnasium sei.

So verbrachte ich die ersten beiden Jahre auf der Schule in einem ständigen Auf und Ab, aber meist in einem ruhigen, mittelmäßigen Fahrwasser.

Es begann wie ein Fehlstart eines Fußball-Bundesliga-Vereins zu Beginn einer Saison. Erstes Spiel verloren: passiert. Das zweite, auswärts auch, na ja, eben auswärts. Das nächste Heimspiel unterliegt man knapp, hat ordentlich gespielt, aber trotzdem keine Punkte. Beim vierten Spiel mangelt es an Selbstvertrauen und beim fünften verlorenen Spiel hat die Mannschaft eine ausgewachsene Krise: Man steckte mit null Punkten im Keller und kommt, wenn man Pech hat, auch nicht mehr raus, so sehr man sich auch abrackert.

Bei mir waren diese Spiele: Deutsch, Mathe, Englisch, Erdkunde und Chemie. In Zahlen ausgedrückt: 55544 – es las sich wie eine Telefonnummer von einem Hausmeisterservice, leicht zu merken, und nicht wie der Notenschnitt eines hoffnungsvollen Schülers. Als ich diese Nichtleistung dann bei den zweiten Anläufen wiederholte, war klar, dass mein Team – also ich – nicht nur in der Krise war, sondern dass ich ein handfestes Problem hatte: Ich steckte im Abstiegskampf und zwar knietief. Zur Rückrunde, also im zweiten Halbjahr, bestätigte ich mein Auftreten, und mit Saisonabschluss – Ende des Schuljahres – war mein Abstieg besiegelt: Ich musste die Klasse wiederholen.

Es war auch nicht so, dass ich mich bemüht hätte, aus dieser Situation wieder herauszukommen, nein, ich quittierte den Dienst mit Beginn der 9. Klasse. Ich sah es nicht ein, irgendwas für die Schule zu tun. Warum auch immer, mir war alles verhasst, was mit dem Schulbetrieb zu tun hatte, ob Klausuren, der tägliche Besuch des Unterrichts, die Lektüre, die der Deutschlehrer vorschlug, oder die unverständlichen Wendungen, die unser Mathelehrer, Dr. Falk Oellermann, vornahm. Mir ging alles nur höllisch auf die Nerven – ich hatte auch keine Idee, was mir denn besser gefallen hätte – nein, eines war klar: Schule war für mich nichts.

So kam es, dass ein Brief von der Schulleitung im Briefkasten lag, worin stand, dass der Schüler aufgrund seiner fortlaufenden Unfähigkeit die Klasse wiederholen müsse.

Die Aufregung war groß bei meinen Eltern; sie hatten damit nicht gerechnet; zumal das letzte Zeugnis zwar nicht prickelnd gewesen war, aber nicht dazu Anlass gegeben hatte, in Besorgnis zu geraten.

Sie beschränkten ihre Bemühungen, meinen Schulalltag zu begleiten, ausschließlich darauf, halbjährlich aufs Zeugnis zu schauen und entweder – je nach Erfolg – es zu billigen oder in Panik auszubrechen, wenn die Noten eine deutliche Sprache sprachen. Diesmal brachen sie eben in Panik aus.

Dies war eine sehr unangenehme Situation für mich – so sehr ich mich gegen meine Schulautoritäten stellen mochte – so kleinlaut war ich bei meinen Eltern.

Meinen Vater und meine Mutter bei der Ausübung meines Jobs zu enttäuschen – und das war es de facto – war für mich inakzeptabel. Sie ließen mich in Ruhe, eine komfortable Situation, aber wenn ich nicht den

Erwartungen entsprach, waren sie aufmerksam – zu aufmerksam – sehr zu meinem Leidwesen.

Nun war das Kind in den Brunnen gefallen – es gab kein Zurück: Ich musste die Klasse wiederholen, eine Katastrophe für alle: Für mich, der dies niemals vor seinen Freunden eingestehen konnte, und für meine Eltern, die einen Versager als Sohn hatten, der es nicht schaffte, das Gymnasium anständig zu absolvieren, obwohl sie seinen Besuch der Schule so oft mit Stolz angepriesen hatten: Seht her, Marcus, der ist aufm Gymnasium – damals nicht die Regel –, was für ein kluger Junge!

Die Situation war unerträglich: Mir wurde langsam klar, was ich verbockt hatte, und meine Eltern realisierten, dass ich es nicht drauf hatte – zumindest nicht momentan.

Niemand konnte sich erklären, woher diese Antihaltung kam – am wenigsten ich.

Die neue Saison begann, ich war geläutert. Die Schmach war zu groß, die dürftigen Erklärungen bei meinen Eltern, das peinliche Zugeben meines Versagens vor den Verwandten und Freunden und überhaupt, wer gibt schon gerne zu, dass er an seinen Aufgaben gescheitert ist.

Nun war es so, dass ich weder Spieler, Trainer, Management oder die Fitnessabteilung auswechseln konnte, ich hatte nur mich: Ich war all das in einem. Meine Eltern taugten nicht als Mentaltrainer, sie würden gerne die Methoden anwenden, die in der Vergangenheit bei ihnen selbst schon versagt hatten: Druck, Druck und noch mal Druck. Und deshalb übten sie keinen Druck aus, weil sie wussten, dass das keinen Erfolg bringen würde; alternativ taten sie: nichts.

Sie saßen in der Küche, rauchten und schauten mich verzweifelt an: Junge, streng dich an!
Das zweite Mal zehnte Klasse stand bevor, ich war gewappnet – diesmal würde nichts schief gehen.

***

Meine Eltern hatten sich Ende der 50er-Jahre kennengelernt. Mein Vater war 1913 geboren, 1983 demnach schon 70, kam aus Ostpreußen, verlor seine Heimat und den Krieg – beides hatte er nie wirklich verwunden. Wenn er am Heiligabend mit der Familie zusammensaß, und im Radio die Glocken verschiedener Kirchen in Deutschland läuteten, rannen ihm beim Hören des Glockengeläuts des Königsberger Doms die Tränen über die Wangen.
Manchmal erzählte er vom Krieg – mein Vater hatte den gesamten Durchmarsch der Wehrmacht mitgemacht bis zum jähen Ende, was er wohl nie wirklich verkraftet hatte.
Er hatte sogar Glück im Unglück gehabt, in den letzten Zügen vor Stalingrad ereilte ihn eine Tuberkulose, was ihn wohl vor dem sicheren Tod auf dem Feld oder einer langen Gefangenschaft bewahrt hatte. Der Krieg hatte ihn gezeichnet, so wirklich war er nie in der neuen Welt angekommen, er gab sich aber Mühe.
Wegen der Tuberkulose verschlug es ihn nach Dresden, wo er den großen Bombenangriff der Engländer miterlebt hatte. Er erzählte nie davon, zumindest kann ich mich nicht erinnern. Dann ging er – aus welchen Gründen auch immer – über Sylt nach Friesland, wodurch meine Existenz begründet wurde, da er meine Mutter kennenlernte. Er gehörte wohl nicht zu den ganz Bösen;

ich glaube nicht, dass die Engländer ihn sonst Anfang der 50er-Jahre in eine Art paramilitärische Organisation aufgenommen hätten.

Dort arbeitete meine Mutter in der Verwaltung, sie hatte Arzthelferin in Wilhelmshaven gelernt; die Stadt wurde während des Krieges in Schutt und Asche gelegt. Ihr blieb nichts – außer Erinnerungen an Bunker, Bombenangriffe und Ruß. Und ein paar kleine, schöne Kindheitserlebnisse.

Mein Vater musste sich ordentlich ins Zeug legen, um das Herz meiner Mutter zu gewinnen, fast 20 Jahre Altersunterschied waren nicht von Pappe. Zahlreiche Briefe, die ich aus dieser Zeit auf dem Dachboden gefunden hatte, zeugen davon.

Es gelang ihm, sie bauten ein Haus, meinem Vater wurde ein Lastenausgleich zugesprochen, bekamen sodann ihr erstes Kind, meinen Bruder, und acht Jahre später mich.

Ihre Ehe war in Ordnung – meistens. Die Konfliktpotenziale machten sich am Geldmangel fest: Mein Vater hangelte sich von einem Job zum anderen. Er war gelernter Landwirt ohne Land und Offizier ohne Armee. So verdingte er sich als Autoverkäufer, Marktleiter bei einem Supermarkt oder auch mal als Sachbearbeiter bei einer Baufirma – irgendwas fand sich immer in der damals aufstrebenden Bundesrepublik, nur Geld verdienen konnte er damit nicht viel. Geld verdienen war sowieso nicht unbedingt seine Sache, er war eher Idealist, so bescheuert die Ideen auch waren.

Sie saßen oft am Wochenende zusammen, tranken Bier, Wein, Schnaps und leckten ihre Wunden, tja, was wäre, wenn..., dazu lief Klaus Wunderlich, zu später Stunde auch Lale Andersens Lied *Lili Marleen*.

Sie gaben sich Mühe mit mir und meinem Bruder, aber die Geister der Vergangenheit konnten sie nicht abschütteln – nie. Verlust war ihr großes Thema, bei meiner Mutter noch mehr als bei meinem Vater. Verlust – nie wieder wollten sie das verlieren, was sie hatten.

***

Ich startete mit den besten Vorsätzen in die Klasse – eigentlich kannte ich den Stoff der zehnten Klasse schon, was sollte passieren? Meine Lehrer im letzten Schuljahr waren schon das Härteste, was die Schule zu bieten hatte, dachte ich. Schlimmer konnte es nicht werden. Es kam auch nicht schlimmer, die Lehrer waren durchaus nicht so hart, drückten ein Auge zu, manchmal auch zwei – nur sie hatten einen ganz anderen Stil. Während mein ehemaliger Lateinlehrer, den ich seit der 7. Klasse hatte, immer den gleichen Unterricht machte – Buch aufschlagen, Seite sieben, Seite acht, Seite neun – hatte der neue Lehrer offenbar einen pädagogischen Anspruch und sogar ein neues Lehrbuch. Der Unterricht wechselte von Vokabeltest und Übersetzen zu „nun sprechen wir mal Latein". Das neue Lehrbuch war bunt, mixte Grammatikübungen mit kleinen Textpassagen, Gruppenarbeit und Sprechübungen. Ich war überfordert – mündlich vier, schriftlich vier.
Und so ging es weiter – zumindest in den Hauptfächern Englisch, Deutsch, Mathe. Ich wusste, dass ich ein verschenktes Jahr hinter mir hatte, ruderte und ruderte und merkte, dass die Strömung stärker war als ich. Aber ich kam dagegen an, immer wieder schaffte ich es in den entscheidenden Klausuren die Kurve zu bekommen. Dachte ich.

***

Ich schlief ein, wachte kurz darauf wieder auf, ich hatte schlecht geträumt, der Zigarettenrauch aus der Küche zog zu mir ins Wohnzimmer.

Meine Mutter saß rauchend in der Küche und registrierte beängstigt die Entwicklungen meines Befindens, wollte sich aber noch nicht zu einem Besuch beim Arzt hinreißen lassen, denn bislang ging es ja immer gut. Gegen Nachmittag sah sie ein, dass an eine Selbstheilung nicht mehr zu denken war.

„Ja, das weiß ich jetzt auch nicht", sagte unser Hausarzt am nächsten Tag, nachdem ich eine weitere Nacht im Dauerrhythmus meiner Krämpfe im Bett verbracht hatte und sich keinen Deut Besserung einstellte. Er klopfte vorsichtig auf die Bauchdecke, drückte hier etwas, drückte dort etwas, runzelte die Stirn und stellte abschließend fest: „Der Junge muss wohl ins Krankenhaus".

Mein Erinnerungsvermögen ließ nach diesem Termin zunehmend nach, was sicherlich damit zusammenhing, dass ich seit nunmehr 24 Stunden nichts mehr gegessen und getrunken hatte.

Es folgte die Fahrt nach Wilhelmshaven in einem jamaikagelben Opel Commodore B auf der Rückbank liegend, Mutter am Steuer ohne Zigarette, Aufnahme, Darmspülung, Tropf, Schmerzmittel. Schwestern, Darmspülung, Ärztin, Pfleger, mein Vater, es wurde spät. Der Tropf, die Schmerzmittel oder beides zusammen brachten mir meine Lebensgeister zurück, zumindest nahm ich meine Umgebung wieder wahr, nahm wahr, dass ich neben einem 70-Jährigen lag, der einen künstlichen Darmausgang hatte. Nahm wahr, dass die

Schwestern hübsch waren. Nahm wahr, dass es mir besser ging, aber nur ein bisschen, und dass das Radio lief:

Do you really want to hurt me
Do you really want to make me cry

Ich wurde durch alle möglichen Abteilungen des Krankenhauses geschoben, aber so richtig konnten die Ärzte die Ursache meiner Beschwerden nicht feststellen. „Tja, das weiß ich jetzt auch nicht", sagte die Ärztin mit einem Doppelnamen. Sie war sehr hübsch, sehr gestylt, erschien mir alt, zwischen Mitte-Ende 30. Ich fand sie nicht nett, sie wirkte arrogant, kalt und abweisend, und ich hatte das Gefühl, sie würde mir die Schuld dafür geben, dass sie die Ursache meines Unbehagens nicht fand. Sie hatte einiges ausprobiert, Untersuchungen angeordnet, Blutabnahmen, Ultraschall, Röntgenaufnahmen, alles, was die achtziger Jahre an medizinischen Möglichkeiten an einem Provinzkrankenhaus hergaben. So vergingen langsam die Tage.

„Da müssen wir eine Darmspiegelung machen."

Nun gut, das kann auch nicht schlimmer sein als diese Behandlungen, ich dachte, dass es nun gut wäre, wenn man mein Problem langsam in Griff bekäme, zumal meine Ernährung seit zwei Wochen ausschließlich aus flüssiger Nahrung über einen Tropf bestand.

Natürlich war ich nicht mehr im Vollbesitz meiner körperlichen und geistigen Kräfte, hatte seit Wochen nichts Festes mehr zu mir genommen, die Schmerzen ließen auch nicht durchschlagend nach, die Ärzte waren ratlos. Morbus Crohn hatte ich zwischenzeitlich mal gehört, eine Krankheit, so erfuhr ich später, die sehr anhänglich war und quasi eine nicht scheidbare Ehe mit einem einging und die einen täglich daran erinnerte, zum Beispiel durch einen künstlichen Darmausgang und regelmäßige Krankenhausaufenthalte, dass sie noch da war.

Man rollte mich in das Behandlungszimmer und bereitete die Darmspiegelung vor. Eine Ärztin fiel mir auf, sie war jung – zumindest im Verhältnis zur Doppelnamen Ärztin – sie hielt meine Hand und streichelte sie, während dieser nicht enden wollende Schlauch in mein Innerstes eingeführt wurde. Die Betäubung war nur lokal, ich dämmerte im Halbschlaf vor mich hin und fühlte nur diese Schmerzen und das Streicheln der Ärztin, bis ein anderer Doktor, offenbar einer der behandelnden Ärzte unvermittelt sagte: „Jetzt auch noch so eine Scheiße vorm Wochenende". Ich schaute kurz auf, mein Kopf fiel sofort wieder aufs Kissen, die Umgebung verwässerte sich, die Stimmen wurden dumpf wie beim Tauchen. Ich schlief ein, die Zeit drängte.

Es war ein fortgeschrittener Blinddarmdurchbruch. Konnte man Anfang der 80er-Jahre offenbar nicht so einfach erkennen, oder vielleicht doch, nur nicht in Wilhelmshaven. Oder nicht von meiner Doppelnamen-Ärztin.

Geschenkt, die OP hatte ich überstanden, der blinde Darm war raus und ich lag nun geheilt, aber noch nicht gesund in meinem Bett neben dem 70-Jährigen, der sich erst an seinen künstlichen Darmausgang gewöhnen musste.

Wow, dachte ich. Essen ging nicht, trinken ging nicht und aufs Klo konnte ich auch nicht allein gehen.

So verstrichen die Tage, meine Nahrung bestand vorerst aus Haferflocken mit Wasser und einem braunen

Getränk, was süßlich eklig schmeckte und einen Brechreiz in mir hervorrief.

Meine Mutter besuchte mich, brachte Erdbeeren aus dem Garten mit, meine Klassenkameraden versorgten mich mit den nötigsten Hausaufgaben, sogar das ein oder andere für mich unerreichbare schöne Mädchen war bei mir. Es wurde mir ziemlich schnell klar, dass das Ganze wohl schwerwiegender gewesen war, als ich erst vermutet hatte. War es auch, das bestätigte unser Hausarzt bei der ersten Nachuntersuchung. Die Vergiftung war sehr weit fortgeschritten gewesen, und länger hätte man mit der Operation nicht warten dürfen. Zeugnis darüber gaben zwei Schläuche, die aus meinem Bauch herausschauten, und durch die der restliche Eiter, der sich im Bauchraum sammelte, ablaufen sollte.

***

Das Leben nimmt in solchen Fällen keine Rücksicht und läuft gemeinerweise einfach weiter, dies musste ich, oder besser meine Eltern, nach der ersten Woche Krankenhaus feststellen: Mein Vorsatz, von nun an habe ich meine Lehren aus meinen schulischen Fehlleistungen gezogen, griffen ins Leere. Die erbarmungslosen Automatismen des Schulbetriebes hatten im Frühjahr 1983 festgestellt, dass meine Leistungen zwar nicht mehr mangelhaft waren, doch aber schwach ausreichend und jenes führe nun unweigerlich zum Ausschluss aus der Schule. Dies teilte mir mein Vater, ein Mann, der es nicht gewohnt war, in die Erziehung einzugreifen, unmissverständlich am Krankenbett mit. Zweimal die 10. Klasse, na prima, Abgangszeugnis mit einem Durchschnitt knapp unter vier, dachte ich mir, meine Zukunft kann nur rosig aussehen.

Ich verstand die Welt nicht mehr: Meiner Einschätzung nach hatte ich alles getan, um nicht aufzufallen, alles getan, meinen miserablen Ruf zu reparieren, meine Leistungen auf einen Stand zu bringen, der eine Versetzung garantierte. Mein Lateinlehrer und mein Mathelehrer hatten eine diametral andere Einschätzung meiner schulischen Leistungen und befanden, dass meine Versetzung zum zweiten Mal gefährdet war, was konsequenterweise einen endgültigen Abgang aus der Schule bedeutete.

Da brach nun mein schulisches Kartenhaus zusammen; klar, ein bisschen mit einem möglichen Abgang zu spielen, ein wenig in den Abgrund zu schauen und damit zu kokettieren, herunterzufallen, war eine andere Nummer, als tatsächlich zu fallen.

Und die Schule meinte es ernst – der Klassenlehrer ließ meinem Vater gegenüber durchblicken, dass er den Eindruck habe, dass ich jegliches Interesse daran verloren hätte, an der Schule zu bleiben.

Das war eine komplett falsche Einschätzung des Klassenlehrers, denn ich schätzte den Status als Gymnasiast sehr wohl, schätzte den Nimbus, den dies altehrwürdige Gymnasium umgab, schätzte insgeheim die brutalen Latein-Klausuren an einem Samstag, weil es die Adern Unbeteiligter gefrieren ließ, die Latein-Klausuren nur aus den Buddenbrooks kannten. Was ich nicht schätzte war, kontinuierlich dafür zu arbeiten.

Mein Vater glaubte an mich – glauben nicht alle Väter an ihre Söhne – und versuchte zu retten, was zu retten war, im Rahmen seiner Möglichkeiten: Er beauftragte keinen außergewöhnlichen Rechtsanwalt, der in der

Vergangenheit schon bewiesen hatte, dass er hoffnungslose Schüler vor dem sicheren Aus gerettet hatte, trat nicht spektakulär in Klassenkonferenzen auf und insistierte nicht durch ständige Schulbesuche bei den Verantwortlichen, sondern er tat nur eines: Er schrieb einen Brief an den Direktor: Ja, er wisse, dass sein Sohn wirklich viel Mist gebaut habe, und dass dies auch wirklich überhaupt nicht akzeptabel sei, und dass sein Verhalten auch kein Versprechen auf Reife für die Oberstufe bedeute. Aber, so mein Vater, man müsse bedenken, dass sein Sohn in einem schwierigen Alter sei und außerdem – so fügte er an – dass jemand, der immer geraden Weges ging, zwar ein aufrechtes Leben führe, aber eben auch ein armseliges.

Dies muss bei dem Direktor irgendwas ausgelöst haben wie: Ja, da hat er Recht. Oder: War ich nicht auch mal so? Oder: Kann man nicht auch mal verzeihen? Jedenfalls durfte ich auf der Schule bleiben, letzte Chance und so, obwohl der Brief in vielfacher Hinsicht geflunkert war. Denn ich habe nicht viel Mist gebaut, sondern ausschließlich. Und das waren nicht nur Bubenstreiche über die man dann irgendwann schmunzelt, sondern Dinge, die in der Tat die Reife zur gymnasialen Oberstufe keineswegs erkennen ließen: Wir schossen mit einer Luftpistole, die ich bei Carsten im Schuppen gefunden hatte, auf dem Schulhof. Ließen Klassenbücher verschwinden, wenn die Anzahl der Einträge eine gewisse Zahl überstieg und einen Eintrag im Zeugnis nach sich ziehen konnte und somit unsere Eltern auf den Plan rufen würde, oder machten ein kleines Feuerchen im Klassenraum, weil das – so fanden wir damals – so unglaublich witzig sei.

Aber diese Zeit lag nun endlich hinter mir, ich hatte meine Lektion gelernt und das Sitzenbleiben in der 10. Klasse im Jahr zuvor war Demütigung genug. Von nun an galt es, den Erwartungen aller – auch meiner eigenen – gerecht zu werden und die Schule mit dem Abitur zu verlassen. Meinem Vater gelang es, mir Aufschub zu verschaffen, die Zeugniskonferenzen waren erst im Frühsommer, und ich musste gesund werden – irgendwie.

***

Meine Schullaufbahn begann nicht verheißungsvoll, um den Begriff „Fehlstart" im Bereich der Fußballanalogien zu vermeiden. Ich kannte niemanden in der ersten Klasse – alle kannten irgendwen. Ich war ärmlich, aber sauber gekleidet, die Sachen von meinem acht Jahre älteren Bruder mussten ja aufgetragen werden, ich trug blaue Sandalen, die andern die coolen *Tigerboy*-Schuhe von *Tuf*. Wir mussten ein Kalenderblatt zeichnen, für den Monat, an dem man Geburtstag hatte, ich bekam einen Kreis hin, zwei Punkte und drei Striche. Ich saß neben Bärbel, die mit dem Tag ihrer Geburt schon keine Chance hatte, Vater Gelegenheitsarbeiter und Alkoholiker, Mutter nur Alkoholikerin. Schwestern mit 17 schwanger, Bruder straffällig. Bärbel roch streng, die Lehrer hatten sie eh abgeschrieben. Die anderen hatten dafür gesorgt, dass sie neben denen saßen, die sie kannten und die eben cool waren. Diese ersten zwei Jahre vergingen schnell, jeder Tag war für mich eine Art Vorhölle, auf dem Schulhof geschnitten, Kinder, die in der Hierarchie noch weiter unten standen, versuchten mich zu bedrängen, niemand kam mir zu Hilfe.

18

Der erste Ausflug stand an: „Wir machen eine Exkursion, jeder stellt sich zu einer Mutter". Es waren vier Mütter, darunter meine, die sich dann um den Ausflug kümmerten. Die Kinder strömten zu den Müttern. Zu meiner Mutter stellte sich kein Kind, keines, sie war gut gekleidet, lächelte, aber es wollte sich ihr niemand anvertrauen.

Trotz der ungünstigen Rahmenbedingungen war ich in der Schule nicht schlecht, aber auch nicht wirklich gut, denn ich hatte ein Problem, das sich durch meine gesamte Schullaufbahn bis hin zum Studium durchzog: Ich schrieb die beste Arbeit in einem Fach und in dem gleichen Fach, eine Arbeit später, die schlechteste. In Deutsch hatte ich in einem schweren Diktat null Fehler, das nächste war so voll mit Fehlern, dass die Lehrer die Hände über dem Kopf zusammenschlugen.

Irgendwann in der dritten Klasse erbarmte sich der Anführer der „Bande", Reiner, meiner und fragte mich, ob ich denn Mitglied sein möchte in seiner Jungsrunde, wo all die Coolen waren, die ich auf dem Schulhof beim Tollen beobachtete. „Ja, klar!" sagte ich, zwei Jahre Einsamkeit waren genug.

„Tja, musst ´ne Mutprobe machen. Du musst ´nem Frosch die Beine ausreißen, wenn wir dabei sind. Kriegst das hin?"

Ich bekam es hin, der arme Frosch in meiner Hand, er schaute mich angstvoll an, quakte jämmerlich, ich riss ihm das erste, dann das zweite Bein raus – die Jungs standen dabei, einige klatschten, einige mussten sich umdrehen, einer erbrach sich gar. Ob alle in der „Bande" einem Tier den Garaus machen mussten, um in dieser Truppe zu sein, habe ich nicht mehr gefragt, denn schon an Reiners Reaktion – er war neun – bei der Exekution des armen Frosches konnte ich sehen, dass er sowas Widerliches nur in seiner Fantasie ausgelebt hatte.

Aber ich war dabei, scheiß auf die blauen Sandalen.

Im Gymnasium war es ähnlich, ich kannte keinen, nur musste man dort nicht Frösche umbringen, um Anerkennung zu bekommen. Das war alles etwas subtiler, aber nicht besser.

Das gymnasiale Leben bedeutete für mich in einem, um 1520 gegründeten Etablissement unterrichtet zu werden. Meine Klassenkameraden und -kameradinnen bestanden, nicht nur, aber zum größten Teil aus Söhnen von Rechtsanwälten und Töchtern von Bauunternehmern, Schnapsfabrikanten, Lehrern oder Finanzbeamten. Nicht, dass das ein Problem für mich war, die meisten waren nett und freundlich und kaum arrogant. Die Unterschiede offenbarten sich in der Kleidung, in dem, was man in der Freizeit tat, welches Fahrrad man fuhr, und mit welchem Auto sich die Eltern auf dem Elternabend präsentierten. Wohin man im Urlaub fuhr, ob man einen Lacoste-Pullover trug oder bei C&A einen Rollgriff durch die Wühltische tätigte.

Während meine Eltern ausschließlich zu meiner Tante Carla in den Urlaub fuhren, waren die meisten Urlaubsziele meiner Klassenkameraden das Mittelmeer, Frankreich, manchmal sogar die USA, kurz gesagt, dort, wo es cool war. Und bei Tante Carla war es eben nicht so cool. Für mich schon, aber eben nicht für Petra, Michael und Claudia.

„Ich war an der Côte d'Azur, cool da. Schön warm, schöne Strände und (augenzwinkernd) schöne Mädchen. Und du so?"

„Ich war bei Tante Carla, in Malente. Ostholstein. In ihrem Haus, das meine Großeltern als Lastenausgleich

bekommen hatten. Ofenheizung und so. Kurort. Altersdurchschnitte der Gäste in dem Ort, 68 plus x."
„Ich spiele Tennis, macht voll Spaß. Und du so?" „Ich Fußball, mein Freund hat ein altes Bauernhaus, da gibt es ein Grundstück, was offenbar niemanden gehört, da haben wir uns einen Platz fertig gemacht. War wohl früher eine kleine, private Müllhalde, was wir da alles aus dem Rasen gezogen haben, sagenhaft. Alles selbstgemacht, auch die Tore."
Toll denkt man heute, echt toll, so kreativ, aktiv. War es aber nicht, selbstgemachte Fußballplätze auf Brachgrundstücken waren alles, nur nicht cool.
Immer, wenn ich während der Sommerferien die Schule für sechs Wochen verließ, tauchte ich in das improvisierte Low-Budget-Universum unserer Nachbarschaft ein.
Diese Welt sah so aus: Wir spielten zumeist Fußball auf unserem selbstgebauten Platz. Mit dabei: Alle, die bei uns wohnten: Die Jungs, aus der Familie mit den 13 Kindern, die Kinder aus den Sozialwohnungen, Jungs, die wesentlich jünger waren als wir. Sie waren halt da. Die einen besuchten die Sonderschule, manche rochen immer streng, ihre Väter hatten nicht nur Alkoholprobleme, die Mütter trugen den ganzen Tag Kittelschürzen, die am Bauch spannten und selten gewaschen wurden, da Wasser teuer war, die anderen hielten sich Schweine im Haushalt, die unter lautem Quieken im Sommer geschlachtet wurden.
Wir kauften uns Fußballschuhe vom Flohmarkt, 500 Gramm schwer und die bei Regen das doppelte Gewicht annahmen, vorne eine Stahlkappe hatten sowie lange, auswechselbare Eisenstollen mit denen man, bei einem falschen Tritt, jemanden auch mal für länger ins Krankenhaus befördern konnte, und strichen unsere Tore

mit Farbe, die irgendwo übrig war und die wahrscheinlich für gewerbliche Nutzung schon lange verboten war wegen ihres Schadstoffgehaltes.

Mädchen in unserem Alter gab es fast keine und die paar, die wir attraktiv fanden, hatten wenig Neigung, sich an den Platz zu stellen und unsere rustikale Spielweise zu bewundern. Und die, die da waren und am Platz standen, wurden von niemanden geliebt – nicht mal von uns.

***

Derweil ging es mir besser. Meinem Zimmernachbarn nicht, sein künstlicher Darmausgang wollte ihm nicht behagen; immer, wenn er oder seine Frau den Beutel leerte, versprühte er das grüne Fa-Deo, und eine Mischung aus billigem Parfüm und Fäkalgeruch durchdrang den Raum.

Ein rührendes Ehepaar dachten wir alle. Sie waren freundlich und aufmerksam. Sie begrüßten uns, nahmen Rücksicht.

Aber so nett waren sie dann doch nicht. Im Halbschlaf bekam ich mit, wie die Frau zu ihrem Mann sagte, der Junge neben ihm sei ja aus einer Flüchtlingsfamilie, aus Ostpreußen, Polen und so, na ja. Und dass sie ja nicht hierhergehörten. Sie tuschelten.

Ich weiß nicht, wie sie gemerkt haben, dass mein Vater aus dem Osten kam; an seinen kleinen Narben im Gesicht, die von Granatsplittern herrührten, an seiner vielleicht merkwürdigen Kleidung, an seinem rustikalen Habitus, den rissigen, riesigen Händen, vielleicht auch nur an unserem Namen.

Mir ging es immer besser, mein Vater hatte in der Schule vorerst die Wogen geglättet und ich konnte mich erholen.

Als 17-Jähriger, der gerade 10 Kilo abgenommen hatte, immer gesünder wurde auf einer Station, die vornehmlich von alten, kranken Männern und Frauen belegt war, hatte ich einen guten Stand. Die Schwestern – zumindest die jungen – begannen manchmal mit mir zu flirten, was mir sehr schmeichelte. Aber mehr auch nicht, leider.

Ich saß in der Frühjahrssonne auf dem Balkon und schaute in den Krankenhausgarten; Frühjahr ist Hoffnung, stellte ich fest.

Nach 14 Tagen wurde ich entlassen, ein Viertel vom Schuljahr vor der Brust, dem Tode knapp von der Schippe gesprungen, eine dicke Narbe zierte meinen Bauch, zwei vernarbte Löcher daneben. Meine Mutter holte mich ab, ich blickte zurück zu den sieben Stockwerken gelben Klinkers, in denen mein Leben gerettet wurde, nur fünf Jahre später starb in diesen sieben Stockwerken mein Vater, weitere 15 Jahre später meine Mutter, die in diesem Moment mit mir auf dem Parkplatz stand und ihre letzte Zigarette vor der Fahrt nach Hause rauchte.

„Junge, du wirst gesund und machst das Abitur", sagte meine Mutter auf dem Weg zurück. Der Opel Commodore mit Automatik brummte, beige Sitze, Lammfellimitat auf den Vordersitzen, Leder-Velourdach. Wie oft hatte ich die Karre sauber gemacht.

„Und du fährst zu Tante Carla nach Föhr, damit du dich erholen kannst. Sobald die Sommerferien anfangen, reist du dahin, ich hab schon mit ihr gesprochen. Und natürlich nur, wenn du die Schule schaffst."

„Wie, allein?", fragte ich.

„Ja, geht ja nicht anders, Papa und ich müssen ja arbeiten."

Zu der coolen Carla, ganz allein, ich? Ernsthaft?

„Das ist ja super, toll", ich musste mir Mühe geben, meine Euphorie zu unterdrücken.

Wir fuhren durch die friesischen Landstraßen, fuhren über Accum. Meine Mutter verzichtete darauf, sich eine Zigarette anzuzünden. Was ich sehr nett fand.

Zu Hause begrüßte mich – wie immer – sehr euphorisch unsere Hündin Anika. Die gutmütige Cockerspaniel-Dame, sie drehte sich im Kreis vor Freude, sie hatte mich 14 Tage nicht gesehen. Sie neigte zur Fettleibigkeit, was für Cockerspaniel eher normal ist, denn diese Hunde fressen rund um sich herum. Jeder Krümel, jede Form von Essbarem wurde von ihrer Nase aufgespürt und gefressen. Zur Perfektion brachte es unser damaliger Pensionshund Aleke. Sie sprang mit einem großen Wumms die Haustürstufen hoch, rutschte mit Schwung auf allen Vieren in die Küche und bearbeitete unter lautem Grunzen jeden Millimeter des Küchenfußbodens. Etwas fragend quittierte Anika dieses Verhalten, sie schaute, ohne den Kopf zu bewegen, dem braunen Staubsauger nach.

Ich schaffte die Schule, hing mich noch so richtig rein, hielt Referate und zeigte allen Lehrern, dass ich meine Lektionen gelernt hatte.

Das Zeugnis war nicht der Burner, aber es reichte, jenen Druck aus dem Kessel zu nehmen, der während meines Krankenhausaufenthaltes kurz vor dem Zerbersten gestanden hatte.

Ich nahm ein bisschen zu, alle waren nett, es musste sich großflächig herumgesprochen haben, dass es eine knappe Angelegenheit bei mir gewesen war, das Krankenhaus lebend verlassen zu haben.

Aber das war mir egal, denn: ich fuhr zu Carla. Und zwar allein.

***

Tante Carla zog irgendwann in den 70ern von Malente nach Föhr. Es gefiel ihr einfach in Malente nicht mehr und Föhr fand sie schöner. Sie verkaufte ihr Haus, das sie von ihren Eltern geerbt hatte, und zahlte die Geschwister aus. Mein Vater, der seine Schwester abgöttisch liebte, was auf Gegenseitigkeit beruhte, fand die Entscheidung nicht so prickelnd.

Meine Familie väterlicherseits war, mit heutigen Maßstäben gemessen ungewöhnlich, aber auch mit den damaligen, eher merkwürdig.

Carla war ca. 160 cm groß, hatte lange Haare, streng zu einem Dutt gebunden. Sie wohnte einst in Malente in einem Geisterhaus – so kam es mir als Kind vor. Dunkel, von hohen Bäumen umringt. Auf der Einfahrt stand ein riesiger Walnussbaum, von dem man aus dem Fenster des Obergeschosses die Früchte pflücken konnte. In dem Haus waren zwei Öfen eingebaut, ein riesiger, der das Untergeschoss heizte und ein kleiner, der einen Raum mit Wärme versorgte. Im Innenbereich waren schwere dunkle Möbel, es gab eine Küche, ein Wohnzimmer und einen kleinen Raum, der uns zum Kartenspiel diente.

Im ganzen Haus war es sehr unordentlich, zwei große Setter schlichen durch die Räume, ein alter mit weißer Schnauze, der eigentlich nur im Kaminzimmer auf einem Sessel döste und auf sein Ableben zu warten schien. Ein Streicheln quittierte er zumeist mit einem Brummen, was man bei genauem Hinhören als Knurren identifizieren konnte. Und ein junger, dessen unglaubliche Kraft ich als Junge nicht bändigen konnte. Im ganzen Haus lagen Zeitungen rum, Bücher, Notizen, zum Teil mit Nagellack geschriebene Einkaufszettel.

Es hingen an den Wänden, damals für mich, gruselige Sachen: Eulen aus Holz, Kreuze, Bilder von Verstorbenen, Bilder aus Ostpreußen, Landkarten von Gütern.

Im Flur auf dem Vertiko stand ein Bild von einem Mann mit Monokel, Hut und Mantel mit Pelzkragen, leicht schräg lächelte er den Betrachter an. Das ist Charles, war die Auskunft, Carlas Ex-Mann. Erst 40 Jahre später erfuhr ich, wer dieser charmant dreinblickende Mann, im Stile eines Johannes Heesters, wirklich war.

Tante Carla war wirklich witzig, unglaublich witzig. Ihr Lieblingsthema war Sex und ihre Liebhaber. Sie lachte viel und kochte ständig. Wir saßen beim Essen, 8 Uhr Frühstück, zwölf Uhr Mittag, 15 Uhr Kaffee mit zumeist selbstgemachten Berlinern mit eigens dafür hergestelltem Pflaumenmus. Um 18 Uhr gab es Abendbrot.

Die Abende wurden mit Rommé-Spielen verbracht. Meine Eltern tranken dabei immer ein bisschen, mein Vater auch ein bisschen mehr.

Das Angenehme war dabei für mich und meinen Bruder dabei immer, dass meine Eltern beim Alkohol nie aggressiv wurden, sie begannen zu plaudern und erzählten von früher, wurden eher sanftmütig und melancholisch.

Tante Carla nahm es nicht so genau, nicht mit der Ordnung, nicht mit der Wahl ihrer Partner, sie trug Lederjacken, ungewöhnliche Kleider, rauchte Zigarren und hatte immer die Lippen rot.

Die Einheimischen beargwöhnten ihr Verhalten, sie war ein bunter Vogel inmitten kleinbürgerlicher Tristesse. In ihrer direkten Umgebung waren allerdings nicht so viele Einheimische; sie wohnte in einer Siedlung, wo ausschließlich Flüchtlinge, vor allem aus Ostpreußen,

Ende des Krieges angesiedelt wurden. Gleich nebenan wohnte eine Dame mit französischem Namen; ja, Dame passte: Sie kleidete sich ähnlich exklusiv wie Tante Carla, war aber nicht so schrill wie sie. Man sah sie selten, aber ihr Mann war für alle Nachbarn präsent: Er erhängte sich im naheliegenden Wald in Ende der fünfziger Jahre.

Für einen 12-Jährigen, der mit seinen Eltern einen Spaziergang machte, und die jedes Mal mit dem Finger auf diesen kleinen Wald zeigten und dabei sehr geheimnisvoll taten, „da hat sich Herr Delerieux aufgehängt. Ja, und man weiß ja nicht warum", war das sehr unheimlich. Die einen sagten, na, sie wüssten schon warum, die anderen meinten, es würde da wohl etwas herauskommen, wenn erst mal alle Akten gesichtet wären, andere wiederum spekulierten, Schwermut wäre der Auslöser gewesen.

Tante Carla hatte ein Kaminzimmer, wo ich mich fürchtete, durchzulaufen, es war der Zugang vom Haus zum Garten; ab und an musste man da durch: „Marcus, bring Papa/Mama mal eben einen Kaffee/Tee oder Zeitung". Auf dem Sessel lag der stoische Setter, der ein Ankommen lediglich mit einem Öffnen der Augen quittierte, auf dem Kaminsims stand eine weiße Marmorstatue von Jesus, von der die linke oder rechte Hand abgebrochen war. Rechts und links irgendwelche uralten Möbelstücke und Bilder, die angsteinflößend waren. Strenge Herren und Damen schauten den Fotografen in Schwarzweiß an, Zeitungen, Bücher und Kartons, die, wie es schien, seit der Flucht nicht ausgepackt worden waren. Die Tür zum Garten war verzogen, so zog sich das Durchschreiten durch das Zimmer unnötig in die Länge.

Tante Carla musste lange warten, bis 1967, bis sie in dieses Haus ziehen konnte, davor hatte sie mit ihrer Tochter Christa in einer Einzimmerwohnung gelebt, solange, bis Christa heiratete. Ihre Geschwister, Hans, mein Vater, hatte eine Familie in Friesland gegründet und Hilde, ihre Schwester, hatte sich mit dem Arzt und Alkoholiker Heinrich in Bremen niedergelassen, gebar drei Kinder, wovon eines, das in Königsberg auf die Welt gekommen war und das sie im Flüchtlingstreck nach Westdeutschland brachte, später nicht mehr mit ihr sprach, worüber sie nie hinwegkam. Hilde war irgendwann tablettensüchtig und irre, ihr Mann hatte sich zuvor totgesoffen.

Neben ihrem Lieblingsthema – amouröse Liebschaften – war Tante Carla auch Spezialistin für das zweite Gesicht. Sie konnte spüren, wenn jemand starb oder wenn etwas Schlimmes passierte. Ein kalter Zug durchs Wohnzimmer kündigte den baldigen Tod von xy an und das laute Geräusch im Keller, den ich nie betrat, kündigte Katastrophe yz an. Diese und andere Geschichten, begleiteten mich mit 12, während mich strafend dreinblickende Menschen von der Wand anschauten und das Feuer im Ofen knisterte. Dazu Johannes Heesters im Flur.

Nach dem Rommé-Spiel, alle waren schon leicht beschwipst, begann Carlas Geisterstunde. Diese war spät am Abend vorbei, und ich lauschte nachts nach irgendwelchen Geräuschen im Keller. Es wurde Morgen und das üppige Frühstück begann mit viel Gelächter und Geschwätz. Feines blaues Porzellan, am dem hie und da schon eine Ecke fehlte, schwere Tuchtischdecken, Silberbesteck mit Monogramm der Familie ließen ein bisschen an die alte Zeit erinnern. Aber nur ein bisschen.

Wenn mein Vater eine Meldung in der Zeitung vorlas, sich aufregte und sich kaum einkriegte, legte Carla ihre von Rheuma gezeichnete Hand mit knallrot lackierten Nägeln auf sein Knie, lächelte und sagte: „Ach Tötchen, ist das nicht egal, wir leben doch."

Das war Anfang der 80er-Jahre endgültig vorbei – Tante Carla verkaufte das Haus und die Käufer vertrieben die Gespenster des Weltkrieges und des 1000-jährigen Reiches. Das Haus wurde kernsaniert, meine Eltern nahmen verwertbare Möbel mit nach Friesland, die Tasche meines Opas verwendete ich noch in der Oberstufe. Es war für alle ein Cut – das Ende der alten Welt, das Ende von Ostpreußen, von den Gespenstern der Vergangenheit, das bewohnte Museum der alten Zeit wurde aufgelöst – damit wurde die Neuzeit der Bundesrepublik in der Familie angenommen. Ostpreußen war Polen. Fertig. Natürlich haben sie das nie ganz akzeptiert, aber sich damit abgefunden.

Der Abschied von dem Haus in Malente tat weh, insbesondere meiner Mutter. Sie hatte mit diesem ganzen "Ostpreußen-Verlust - der – Heimat – Zeugs" wenig am Hut. Sie war ´32 geboren, war Kind, als der Krieg begann und hatte mitbekommen, wie die Stadt Wilhelmshaven in Schutt und Asche gelegt wurde. Sie verlor ihren Bruder, als er 17 war und brachte eine riesige, sehr hässliche Puppe mit Brandflecken ins Haus. Diese Riesenpuppe, die eher an eine Hauptdarstellerin in einem Gruselfilm erinnerte, begleitete sie stets bei den Bombenangriffen in den Bunker. Sie trauerte eher der Schönheit der Landschaft hinterher, dem gemütlichen Beisammensein und der Möglichkeit, Urlaub in Malente machen zu können. Ihre letzte Befürchtung und auch die anderen trafen zum Glück nicht ein, denn Tante Carlas Haus wurde zum zweiten Male unser Urlaubsdomizil und wuchs uns deutlich mehr ans Herz, als es Malente je gewesen getan hatte.

Viel hatte den Umzug aus Ostholstein nicht überlebt, den alten Setter hatte vorher schon das Zeitliche gesegnet, einige der alten und schweren Möbel hatten in dem neuen Haus, das aus zwei Zimmern bestand, keinen Platz. Die Jesus-Statue, war ganz oben auf einem Pressholzregal platziert, sodass man seine mahnende Geste kaum wahrnahm, die furchteinflößenden Schwarz-Weiß-Bilder sowie die religiösen Bilder lagen im Karton, sie hatten einfach keinen Platz an der wenigen Wandfläche. Johannes Heesters schaffte es auch nicht mehr in den Flur. Er musste sich mit einem Platz neben unbedeutenden Familienmitgliedern begnügen.

Es war nicht nur ein Umzug von meiner Tante, es war für meine Familie, insbesondere für meinen Vater, ein Umzug von dem Deutschen Reich in die Bundesrepublik. Meine Tante wusste, was gut für sie war. Dank der recht guten Pension durch ihren Johannes Heesters, die er für seine Dienste als Offizier im Ersten Weltkrieg bekommen hatte, konnte sie sich einen für damalige Verhältnisse guten Lebensstandard leisten. Föhr galt als Geheimtipp, kaum jemand hatte Interesse, auf die doch recht spießige Insel zu ziehen: kaum Brandung, wenig hippe Leute, nicht annähernd so große und weite Strände wie auf Sylt. Sie kaufte sich eine kleine Wohnung, zwei Zimmer, die Innenwände aus Pappe, ausgelegt auf Feriengäste, die nach 14 Tagen in ihre gewohnte Umgebung zurückkehrten. Keine Waschmaschine, eigentlich keine Heizung. Die Heizung bestand aus Nachtspeicheröfen mit unterdurchschnittlicher Performance. Diese Wohnungen waren eben auch nicht für Winter ausgelegt.

Meine Tante hat das kaum gekümmert. Kälte im Winter? Dafür gab es Decken. Wenn nicht eine, dann eben zwei. Waschmaschine? Wofür?

Meine Tante saß auf ihrem Kunstledersofa, die Beine übereinandergelegt und lachte. Sie lachte einfach über solche Probleme, die keine waren für sie. Sie meinte, ohne Heizung könne sie sogar im Winter die Esswaren im Schlafzimmer lagern; wie praktisch. Sie zwinkerte mit den Augen, schlürfte ihren Kaffee; ja, Probleme waren für andere da, nicht für sie.

Antje

Antje kannte ich seit der ersten Klasse, sie war – ich glaube, sie ist es noch – hübsch, nicht übermäßig, aber sie hatte das gewisse Etwas und das ein bisschen zu viel. Ihr Markenzeichen, sehr intelligent, ihr fielen die Dinge zu, alle Jungs und Lehrer fanden sie toll. Sie war auch toll, ihr zweites Markenzeichen: Sie trug keinen BH. Sie schaffte die Schule mit Leichtigkeit, niemand hatte je den Eindruck, dass sie sich dafür sehr abmühen musste. Sie lachte gerne, hatte schöne Hände, wenn sie in meine Zigarettenschachtel langte, um eine Zigarette zu schnorren, stockte mir der Atem: „Danke", sie formte den Mund zum Kuss, nahm den Zeigefinger, strich über meine Nase, „du bist ein Schatz", und verschwand zu ihren Leuten.

Alle Jungs fanden sie wunderbar, einer war irgendwann ihr Auserwählter. Ein Aufatmen war zu spüren bei allen, die je versucht hatten, ihr näher zu kommen. „Eh, sinnlos, ´ne Nummer zu groß, ach, egal, gibt auch andere, was findet sie nur an diesem Typen?"

Da ich mir so oder so nie wirklich Hoffnung auf eine Liaison mit ihr gemacht hatte, war es mir eigentlich egal – irgendwann.

Das war nicht immer so – ich war höllisch verliebt in sie. Mit 15, 16 lungerte ich vor ihrem Fenster herum, passte sie auf dem Weg zur Schule ab, um ein nettes Wort zu ergattern, sei es nur eine Andeutung, berührte sie wie zufällig absichtlich, nur um ein bisschen von ihr zu spüren, roch an ihren Haaren, wenn sie an mir eng vorbeiging, legte jedes Wort von ihr auf die Goldwaage, die nicht zu meinen Gunsten justiert war. Sei es drum, das Feuer erlosch, aber es glimmte noch, nur ein kleiner Windstoß würde es entfachen, zu einem Großbrand, das wusste ich.

In den späteren 80er-Jahren, so um 85, 86, es loderte eigentlich nur noch ein Antje-Flämmchen¬, kam sie zu unserem Osterfeuer, ein privat organisiertes Osterfeuer. Carsten hatte ein Riesengrundstück, da kam über das Jahr schon einiges an Brennmaterial von den Bäumen und Büschen zusammen; dazu noch Möbel, Matratzen, Zeitungen, Problemstoffe wie Altöl, Spraydosen und Farben. Wir zogen das Sofa raus, den Fliesentisch, das alles dem Feuer übergeben werden sollte, drapierten unseren Alkohol, den wir zum Teil von unseren Eltern geklaut hatten, auf dem Tisch, und betranken uns. Mein Walkman mit Boxen spielte *Pat Metheny & Lyle Mays, As Falls Wichita, so Falls Wichita Falls,* in der Mitte stand eine Kerze, es war mild. Wir rauchten eine Haschzigarette, direkt aus Holland, den deutschen Dealern gönnten wir nichts und waren auch nicht von der Reinheit ihrer Ware überzeugt.

Carsten war durch, er hatte eine Flasche Blauer Engel mit Sprite ausgetrunken und Oliver eine Flasche Amaretto, die er von seinen Eltern isoliert hatte. Die anderen lallten vor sich hin, beklagten die schlechte Musik und ich hatte auch zu viel, aber wohl einen guten Tag.

„Hi, na ihr Süßen, habt ihr noch ein Bier für mich?!"
Carsten brummelte ein „Ja, klar", bevor er einschlief, ich
gab ihr eines.
„Na, die Jungs sind fertig, oder? Was ist mit dir?"
Ich lächelte, ich merkte, wie die Flamme in mir wieder
angefacht wurde, sah ihr Gesicht im aufflackernden
Osterfeuer, hübsch wie eh und je, ich wurde nervös. Trotz
meines hohen Alkoholpegels.
„Ja, alles okay, ich hab auch zu viel getrunken."
„Gib mir ´ne Zig!"
Ich hielt ihr meinen Tabakbeutel hin, Gauloises.
„Puh."
Ich sah ihre Hände, sie striff meine, das war absichtlich,
sie lächelte mich an, nüchtern war sie auch nicht mehr. Sie
drehte die Zigarette, „Feuer?", ich gab ihr Feuer, sie
umfasste meine Hände und schaute mich beim
Aufflammen des Feuerzeugs an und lächelte. Sah mich
mit ihren braunen Augen an und lächelte noch mal.
Sie nahm einen tiefen Zug, hustete gekünstelt, „puh", ein
zweites Mal.
„Habt ihr noch was anderes zu rauchen?"
„Ja", ich griff in Olivers Jacke, holte schwarzen Afghanen
raus, baute uns eine Zigarette.
Das Tape wechselte zu Night Birds von Shakatak.
Drei, vier Züge.
Sie nahm meine Hand, zog mich zu sich, stockte kurz vor
meinem Gesicht, küsste mich, erst sanft auf die Lippen,
dann noch mal.
„Na, mein Süßer."
Sie beugte sich wieder vor, ich spürte ihre Zunge.
Wow, wow.
Ich erwiderte ihre Bewegungen, meine Hand ging
instinktiv zu ihrem Rücken, sie schob die Hand beiseite.

Sie küsste weiter.

Ich versuchte noch mal, meine Hand unter ihr T-Shirt zu schieben, was sie abwehrte.

Dann sagte sie, nun sei es auch genug, gab mir ein Küsschen auf die Stirn und ging nach Hause, einfach so. Sie streichelte kurz meine Hände, küsste ihren Zeigefinger, strich damit auf meine Nase, lächelte und ging. „Tschüss, war schön mit dir. Echt schön, wir sehen uns!"

Ich steckte mir eine weitere Zigarette an und war fassungslos; meine Erektion schwoll ab, ich trank ein Bier, die Jungs schliefen nun fest schnarchend am Osterfeuer, ich gab mir mit den letzten Bieren den Rest und schlief ebenfalls ein. Hall & Oates lief nun.

Watch out boy she'll chew you up

(Oh here she comes)

She's a maneater

Wir wachten am Morgen – vielleicht um vier Uhr – auf, zitterten und machten uns verkatert auf den Weg nach Hause.

20 Jahre später, ich hatte noch einen etwas sporadischen Kontakt zu ihr, immer mal wieder, immer mal auch gar nichts, traf ich sie auf einem Fest in meiner Heimatstadt, ein belangloses Treffen mit Freunden, der alten Zeiten wegen. Sie lief mir über den Weg, wir plauderten ein wenig, Grundschule, Gymnasium, was macht der, was die und so. Und dir, wie geht es dir, was keinen von uns gegenseitig interessierte, Zeit heilt alle Wunden, 20 Jahre waren viel Zeit, wir tranken, lachten, die Flamme war erloschen, schon lange. „Kannst du dich noch erinnern? Damals am Osterfeuer? Da haben wir uns geküsst." Sie lachte kurz auf: „Nein, daran kann ich mich nicht erinnern. Ernsthaft? Süß."

Teil II

Es begannen die Sommerferien. Ich durfte zu Tante Carla. Zu dieser verrückten Nudel, die meinen Vater so liebte. Diese Frau, die alles nicht so genau nahm, die chaotisch war und die die Söhne ihres Bruders ebenfalls liebte.

Meine Eltern brachten mich zum Zug. Sande, damals Dreh- und Angelpunkt für den Fernverkehr von Friesland in die Welt, heute ein unglaublich deprimierender, fast verwahrloster Ort. Das Wetter war ein Traum, heiß, die Amseln besangen den Abend, die Grillen zirpten, und jedes Mal hatte man das Gefühl, dass man so einen schönen Abend nicht dadurch enden lassen konnte, dass man einfach ins Bett ging.

Die Zugfahrt war so unspektakulär, dass ich mich nicht erinnern kann, was mich heute wundert, da mich große Städte ein bisschen verunsicherten, besonders was ihre Verkehrswege angehen.

Spätestens, nachdem ich den Hauptbahnhof Hamburg verlassen hatte und auf dem gefühlt endlos großen Gelände beim Umsteigen keine Fehler gemacht hatte, fühlte ich mich wieder sicher.

Fähre – Bus – Fußweg. Ich war da. Allein. Ohne Eltern, zum ersten Mal. Tante Carla wohnte zwei Minuten – war es nicht eine Minute? – zu Fuß vom Strand entfernt, das Haus war umgeben von einer Feriensiedlung. Alle Häuser waren im gleichen Stil gebaut: Ein Schotterweg führte in die Siedlung hinein, die Häuser waren quadratisch, vielleicht sechs mal sechs Meter, weißer Stein, weiß gestrichen und hatten ein schwarzes Dach, einstöckig. Die Grundstücke waren groß, die Nähe zum Strand, es waren maximal 300 Meter, war das große Plus an den Häusern, das Minus war die Enge und die furchtbare Ausstattung, auch für damalige Verhältnisse.

Sie empfing mich, umarmte mich, gab mir einen flüchtigen Kuss, der Irish Setter mit seiner unbändigen Kraft schien mich zu erkennen oder besser, erkannte in mir jemanden, der seinem Bewegungsdrang etwas Genugtuung verschaffen konnte.

Carla hatte ihr Schlafzimmer geräumt und schlief im Wohnzimmer, was sie ganz gut fand, weil sie dann am Morgen schon das Fernsehgerät anstellen konnte, ohne sich großartig bewegen zu müssen.

Ich hatte das Schlafzimmer für mich allein, die Sitzecke mit diesen orangen Polstern, die so wunderbar bequem waren, diente als Schlafgelegenheit. Man fühlte sich wie auf Federn. Als ich auf meinem Bett lag, war ich so unfassbar glücklich, ich roch die Nordsee, hörte das Rauschen der Weiden, die um das Haus gepflanzt waren, und spürte dieses unerklärliche Inselgefühl: abgekapselt vom Festland und seinen Problemen wie Schule, Eltern, Mädchen.

Meine Tante saß auf ihrem hellbraunem Kunstledersofa, die Beine übereinandergelegt und lachte über irgendeinen Witz, den sie gemacht hatte, die Sonne ging in den nächsten Stunden unter und sie zog genüsslich an ihrer Zigarre. Carla führte ihre ewig gleichen Erzählungen aus, was ich auch genoss, selbstverständlich hörte ich immer noch gerne die Geschichte von ihrem Ex-Mieter, der, als er verstarb, für einen kalten Hauch im Wohnzimmer seiner Vermieterin sorgte, oder die Geschichte, dass es immer im Keller bei ihr polterte, wenn jemand aus der Familie oder Bekanntenkreis verstarb. Sie legte Karten – zumeist am Abend – und konnte zielsicher ein Unglück vorhersagen, trat es ein, konnte sie sich bestätigt fühlen, passierte nichts, wurde eben geschwiegen. Ich stellte an der richtigen Stelle Fragen und tat immer besonders erstaunt ob ihrer Fähigkeiten, was sie ebenfalls sehr genoss.

Ich merkte aber auch, dass Carla schon sehr vergesslich wurde. Sie suchte dieses und jenes eigentlich den ganzen Tag, sie ließ mal eine Herdplatte an, was sie zum Glück immer rechtzeitig bemerkte, und sprach darüber, nicht oft, dass sie das Gefühl habe, jemand klaue ihr die Wäsche von der Leine. Also die Unterwäsche einer 75-Jährigen. Natürlich – so war es ihre Art – lächelte sie das weg.

Sissy, so hieß der Setter, ließ mich nicht in Ruhe. Sobald ich an der Halterung für die Leine nur vorbeiging, fing sie an zu tanzen und klapperte vor Aufregung mit den Zähnen. Sie drehte sich um die eigene Achse und war in ihrer Aufregung kaum zu bremsen. Ich schnappte sie, es war schwer, sie zu greifen und ging raus. Tante Carla rief mir hinterher, eine Stunde, dann gibt es Abendbrot.
Ich musste mich erst mal an die Art und Weise, wie Sissy lief, wieder gewöhnen. Klar, eine alte Dame konnte so ein Energiebündel, wie es dieser Hund war, nicht bändigen und auch nicht erziehen. Sie zog an der Leine, rannte völlig unvermittelt von der einen auf die andere Seite.
Wir erreichten den Strand, der Sand war weich, die Sonne stand am Horizont und schien – fast kitschig rot – auf das Watt. Ich ließ Sissy los als ich weit genug auf dem Watt war und somit die Gefahr gebannt war, dass sie an Land ihrem Jagdtrieb nachgeben würde und durch die Felder und Wälder wildern würde. Der Strand war fast leer, die meisten bereiteten sich auf das Abendbrot vor, vereinzelt sah man noch Grüppchen von Menschen, die den milden

Abend im Strandkorb genossen und den Tag ausklingen ließen.

Es gab Abendessen, Sachen, die es zu Hause nicht gab, frisches Brot vom Bäcker, Wurst, Fisch. „Iss so viel du willst." Sissy saß daneben und schaute aufgrund ihrer Größe leicht über den Tisch.

„Ich geh noch mal raus", sagte ich zu Carla, „ja, ja, ich schau noch ein bisschen fern. Nimm Sissy mit", ja, klar, das hätte Sissy auch nicht zugelassen, dass ich ohne sie rausginge.

Es war fast dunkel, das Wasser lief langsam wieder auf, die letzten Gäste des am Strand liegenden Cafés gingen, ein paar Kinder spielten noch auf dem Spielplatz, der Strandwärter räumte ein paar Sachen zusammen, ich setzte mich auf die Bank und spürte meine neue Freiheit. Ich weiß nicht, wie lange ich einfach nur dasaß, und aufs Meer blickte, dem Treiben der Möwen zuschaute, die Lichter auf dem Wasser verfolgte, die Halligen ansah und dem Rauschen der Gräser lauschte. Nur Sissy erinnerte mich ab und an daran, dass einfach nur Dasitzen nicht drin war, sie jaulte und zog immer wieder an der Leine.

***

Ich hatte mich erwartungsgemäß gut eingelebt – meine Tante war der Hammer – sie telefonierte mit meiner Mutter: „Alles ist gut, dem Jungen geht es bestens. Ja, er erholt sich gut. Hat auch schon zugenommen." Carla handelte es kurz ab, sie begann sogleich meiner Mutter eine Geschichte von sich zu erzählen: „Weißt du, damals in Königsberg, da hatte ich auch…" Irgendetwas. Irgendetwas hatte Carla, was auf jeden Fall dramatischer, einschneidender oder schlimmer war als mein Blinddarmdurchbruch.

Ich genoss die Zeit – ich fühlte mich frei, nein unglaublich frei. Essen, trinken, weiches Bett. Und nachmittags am Strand – bei bestem Wetter. Ich schrieb Briefe an meine Freunde, wie gut es mir ging. Ich las Werner Koch See-Leben und allerlei anderes Zeugs. Peter Handke habe ich nicht verstanden, machte sich aber gut, das am Strand zu lesen. Wahrscheinlich war es die stille Hoffnung, dass jemand – bestenfalls ein schlaues, hübsches Mädchen – wahrnahm, was für ein cleveres Kerlchen ich war. Aber es hatte mich, sehr zu meiner Enttäuschung, nie jemand darauf angesprochen, schon gar kein attraktives Mädchen: „Hey, Mann, du liest Peter Handke? Darf ich mich zu dir setzen? Wow. Nee, also wirklich." So ein Mädchen, was 17-jährige Handke-Leser toll fand, gab es wohl auch nicht, was mir damals nicht klar war.

Daneben so ein schöner Setter, der mir zuliebe auch mal ruhig blieb. Sie spitzte ihre Ohren, ihre Nase bewegte sich in alle Himmelsrichtungen, um ja nichts zu versäumen, spätestens nach einer Stunde auf der Bademstte wurde sie unruhig, sie fing leicht an zu jaulen und stupste mich mit ihrer Nase an, eine deutliche Aufforderung, dass nun die Zeit des Faulenzens vorbei sei.

Die Tage vergingen in steter Eintracht: Aufstehen, Frühstück, Gang mit Sissy, Mittag, Mittagsschlaf, Kaffee und Kuchen, Gang mit Sissy, Abendbrot, Gang mit Sissy, mal aufs Watt, wenn das Wasser weg war, oder über Land, wenn das Wasser da war. Die Zeit war unendlich, die Plaudereien mit Carla, der Hund schaute mich mit seinen braunen Augen an, *Summertime and the livin' is easy*, war nicht nur eine leere Floskel, nein, das Leben war leicht und unbeschwert.

Tante Carla litt trotz ihrer Leichtigkeit mit der sie alle Unwägbarkeiten des Lebens nahm unter Schlaflosigkeit, sie erzählte davon, nicht gerne, aber sie sagte es ganz offen. „Schlafen kann ich nicht, aber egal, mein Arzt hat mir ganz großartige Tabletten verschrieben und weißt du was? Die helfen sogar, ich schlafe wie ein Baby!" Sie lachte laut auf und schlug mir aufs Knie, nahm einen tiefen Zug an der Zigarre. „Wie ein Baby... wirklich." Natürlich horchte ich auf, zu Substanzen, die eine schnelle Problemlösung versprachen, hatte ich recht früh eine Affinität. Seit meinem ersten Bier, dass ich bei meiner Konfirmation heimlich getrunken hatte, hatte ich Ahnung davon: Ich trank es und nach kurzer Zeit fand ich mich nicht mehr zu klein, meine Pickel störten mich nicht mehr und das mit den Mädchen würde auch schon funktionieren – dachte ich – was so ein Bier doch bewirken kann...

Wenn also Carla sagte, sie hatte Tabletten, die ihr bei einem schier unlösbaren Problem halfen, so wusste ich, denn ich hatte bei der Drogenprävention in der Schule aufgepasst, dass diese weitaus mehr Potenzial hatten, als alte Frauen in den Schlaf zu wiegen.

Tante Carla trank nicht viel und wenn sie trank, dann nur, aus nostalgischen Gründen oder weil sie es mochte, Honigschnaps, eine ostpreußische Spezialität. Nicht einmal mein Vater trank diesen Likör, er grenzte nicht nur an Ungenießbarkeit, sondern überschritt sie, mit jedem weiteren Schluck. Sie hatte eine Flasche, mit der kam sie über Jahre hin, sie genehmigte sich mal einen – selten. Zu irgendwelchen Anlässen – ganz besonderen, wenn sie zum Beispiel wieder eine neue Eroberung gemacht hatte – sowas in der Preisklasse.

Wenn Tante Carla nicht in ihrem Zimmer war, ging ich an ihren Schrank und stibitzte eine Zigarre oder einen Zigarillo – ihr Schrank hielt noch die anderen Sachen vor – ein bisschen Honigschnaps und eben diese sagenhaften Schlaftabletten. Abends saß ich auf der Bank am Strand, rauchte den Zigarillo und fuhr ein bisschen von diesem üblen Honigschnaps ein, würgte kurz, der Hund legte seinen Kopf auf mein Knie, ich war berauscht: vom Schnaps, dem Zigarillo, vom Meer, der Luft, dem Kreischen der Möwen, und von der unglaublichen Liebe des Hundes zu mir. Anika wäre eifersüchtig.

Ich schlenderte jeden Abend zurück zum Haus, immer leicht berauscht durch den Schnaps meiner Tante, durch die Rauchwaren, die Schlaftabletten, die genau das erbrachten, was ich von ihnen erwartete, oder durch die Kombination aller drei. Ich fühlte mich leicht und frei – von allen Sorgen.

„Ups, der Schnaps ist ja schon fast alle, da muss ich mir wohl neuen bestellen, die Zigarillos auch. Meine Güte, was bin ich doch für ein Luder!" Sie zwinkerte mir zu, lachte kurz auf und rief beim Kaufmann an, der lieferte neue Ware. Ob sie je verstanden hat, dass der rapide Abbau ihrer Rauch- und Alkoholvorräte und ihrer Schlaftabletten was mit mir zu tun hatte, hat sie sich zumindest nicht anmerken lassen.

So vergingen die ersten Tage. Es stellte sich immer mehr Routine ein: Strand, Abendessen, mit Sissy raus, etwas aus dem Schrank abgreifen, lesen, Musik hören.

Meine Kräfte kamen zurück, keinerlei Verpflichtungen, kein Rasen mähen, Auto waschen, Möhren ausmachen,

Johannisbeeren pflücken oder sonst etwas. Keine Mutter, die den ersten Satz des Tages mit: Du musst... begann. Keine Geldsorgen, die täglich thematisiert wurden und alle Lebenssituationen dominierten. Keine Latein-, Mathe- oder Englischklausuren – einfach nur: Sissy, Tante Carla, das Meer, die Sonne, der Strand und ich.

Der Weg zum Strand war immer der gleiche, selten nahm ich einen anderen, außen rum, den Deelsweg lang. Tür raus, rechts herum, vorbei an der Siedlung, links, kleiner Weg, rechte Seite das Restaurant, Insel Café, zuvor noch ein kleiner Kiosk. Zumeist waren in der Siedlung Familien untergebracht, das ein oder andere Rentnerpaar saß auf der Terrasse um zu frühstücken, Väter räumten ihre Autos auf, Kinder spielten in froher Erwartung auf einen Strandtag im Garten, die Mütter packten die Strandtaschen. Wir näherten uns dem Strand. Kurz bevor es auf den Parkplatz ging, ließ ich den Blick noch einmal schweifen, da sah ich SIE. SIE saß auf der Terrasse des vorletzten Hauses und blätterte gelangweilt in einer Zeitschrift. SIE war offenbar frisch geduscht, ihre braunen, langen Haare waren noch nass, mit einem Finger der einen Hand rollte sie die Haare auf und wieder ab, nahm einen Schluck aus ihrer Tasse und blickte kurz auf, als wir vorbeigingen. Ihr kurzer Blick zu uns rüber elektrisierte mich und traf mich wie ein Blitz, sie senkte ihren Kopf wieder und vertiefte sich in ihrem Magazin, ohne uns wahrgenommen zu haben.

Sie war braungebrannt, hatte eine abgeschnittene Jeans und ein türkisfarbenes Top an. Es war ihre unglaubliche Schönheit, die mich für diesen kurzen Augenblick derart in den Bann zog.

Acht Sekunden, vielleicht 10, 15, falls Sissy irgendetwas auffiel, was sie des Schnupperns wert befand und anhielt.

Sie hatte braune Augen? Mit wem ist sie hier? Ihren Eltern, ja, lag nahe, nicht jeder hat eine Tante auf Föhr wohnen und einen Blinddarmdurchbruch hinter sich.

Im Zuge meiner Erkrankung, meiner Schwierigkeiten in der Schule, den Sorgen meiner Eltern darüber, trat alles in den Hintergrund – auch das Interesse an Mädchen war dadurch nachhaltig eingetrübt gewesen.

Als ich SIE sah, war alles vergessen, alles. Ich konnte kaum weitergehen, allein Sissy trieb mich in Richtung Watt.

Von nun an war nichts wie vorher.

***

Zum ersten Mal nervte mich Sissy mit ihrer unbändigen Lust zu laufen. Wir liefen bei Tiefebbe immer so weit, wie es ging. Soweit es ging, hieß: fast bis man Amrum zum Greifen nahe sah. Wir gingen zum Hundestrand und liefen in Richtung Watt. Sobald wir weit genug vom Strand entfernt waren, löste ich die Leine und Sissy lief im ausgestreckten Galopp los. Ich sah nur noch ihre Silhouette, die von einer zur anderen Seite des Horizonts zu rennen schien. Wir liefen immer zwei, drei Stunden, unter diesem Zeitkontingent war Sissy nicht zu ermüden. In der Weite des Watts war man zumeist allein und ich dachte über die kurze Begegnung mit ihr nach – ein leichtes Gefühl stellte sich ein und ich nahm auch den langen Spaziergang in seiner Intensität gar nicht wahr.

Zwischenzeitlich kam Sissy zu mir, sie hatte sich gänzlich ausgetobt und war wahrscheinlich verwundert wegen meiner Passivität, denn sonst hatte ich mich immer mit ihr beschäftigt, wenn sie im 15 Minutentakt zu mir rannte, um nach ihrem Herrchen zu sehen.

Kurz vor Mittag kehrten wir um, ich war schon sehr aufgeregt, als wir den gleichen Weg zurückgingen und bei ihr vorbeikamen, ich schluckte kurz und sah, dass niemand da war. Die Tasse stand noch auf dem Tisch, aber sonst war alles verwaist. Keine Küchengeräusche, kein Radio oder sonst etwas, was darauf hingewiesen hätte, dass jemand da wäre.

Am nächsten Morgen war alles wie bisher, Tante Carla schwadronierte über die unglaublichen Chancen, die sie als junge Frau bei den Männern gehabt hatte, und ich war nervös. Sissys Augenmerk galt erst mal dem Bratenaufschnitt, der Luftlinie 15 Zentimeter entfernt von ihr duftend auf dem Tisch stand, aber grundsätzlich war ihr das Laufen wichtiger, sie lugte mit einem Auge auf den Bratenaufschnitt und mit dem anderen fixierte sie mich dahingehend, ob ich Anstalten machte, aufzustehen, um spazieren gehen zu wollen. Stand ich auf, um etwas Marmelade nachzuholen, sprang sie, wie von der Tarantel gestochen, zu den Leinen – Bratenaufschnitt? Egal…

Mir war jetzt SIE wichtiger, und für ein paar Meter waren Sissys und mein Interesse gleich, aber eben nur für die Strecke bis zu IHR.

Der Weg nahm maximal eine Minute in Anspruch, die Strecke, die an ihrem Haus vorbeiging, ohne auffällig zu sein, dauerte wenige Sekunden, wenn ich normalen Schrittes lief. Ich hatte die Möglichkeit, ein oder zwei Blicke in den Garten zu werfen, nur um sie zu sehen, behindert auch durch eine Hecke und einem Holzzaun in der Höhe von einem Meter sechzig.

Nichts, niemand war da. Ich war enttäuscht, aber auch erleichtert, denn ich wusste, dass, wenn ich dieses Mädchen für mich gewinnen wollte, ich auf ihre

Anwesenheit in irgendeiner Form reagieren musste. Und diese Reaktionsnotwendigkeit meinerseits machte mir Sorgen, denn ich war sehr schüchtern, oder besser gesagt, gehemmt.

Ich hatte meine Erfahrungen aus der Schule, da liefen unfassbar schöne und intelligente Mädchen rum.

Zusammengefasst sah meine Lage so aus: Ich wuchs in einem Elternhaus auf, das im Zweiten Weltkrieg alles verloren hatte. Mein Vater hatte sechs Jahre seinen Kopf für eine komplett irre Idee hingehalten. Seine Heimat verloren und außer Soldat Landwirt gelernt. Meiner Mutter wurde die Heimatstadt in Schutt und Asche gelegt. Und dann haben die beiden sich irgendwie getroffen, ironischerweise bei den Engländern, und haben aus nichts etwas aufgebaut. Ein Haus, eine Familie, zwei Kinder. Das Geld war stets knapp. Autoverkäufer, Supermarktangestellter, Sachbearbeiter, Lehrer an einer amerikanischen Schule – das waren die Jobs meines Vaters.

1955 überlegte sich die Bundesregierung auf Drängen der Alliierten, wieder eine Armee in Westdeutschland einzuführen. Da mein Vater nicht zu den schlimmsten Killern in der Wehrmacht gehört hatte, fragte man ihn im Zuge der Wiederbewaffnung, ob er sich nicht vorstellen könne, in der Bundeswehr zu dienen. Ja, klar – Autoverkäufer war nicht so prickelnd und als Offizier, als der er damals die Wehrmacht verließ, der Bundeswehr zu dienen, war schon attraktiv.

„Die Attentäter vom 20. Juli 1944, waren das Verräter oder Helden?" „Klar, Verräter, denn sie hatten sich nicht an ihren Eid gehalten." Er hatte nichts verstanden und bezahlte dafür in einfacher Münze: Er konnte seine Sachen packen und weiter Autos verkaufen oder im

Supermarkt Regale auffüllen. De jure hatte er vielleicht Recht, de facto nicht und er war raus; die Tür war nun ein für alle Mal zu.

Und wenn er nachgedacht hätte, wäre ihm vielleicht aufgefallen, dass er kein gottverdammter Nazi war: Er hasste keine Juden, er hatte mit Amerikanern gearbeitet, hatte Afro-Amerikaner nach Hause eingeladen und mit ihnen Bier getrunken, er schätze die Engländer und hatte lange bei ihnen gearbeitet. Klar, er war kein Linker, und schon gar kein Widerstandskämpfer, er sympathisierte auch mit dem sagenhaften Aufstieg der Nazis in den 30ern; aber er war jemand, der in jedem in erster Linie den Menschen sah. Aber das musste nun sein. Meine Mutter hielt ihm das lange vor, insbesondere zum Monatsende hin, wenn das Geld wieder einmal bedrohlich knapp wurde, und schmierte es ihm, bis zu seinem jähen Tod, immer mal wieder aufs Brot.

Meine Mutter fühlte sich in dem Rollenverständnis, der Mann verdient das Geld, die Frau kümmert sich um die Familie, recht wohl. Ihre Eltern hatten in Wilhelmshaven eine gutbürgerliche Gaststube, die ihnen ein gutes Leben bescherte. Sie spielte als Kind Tennis und zu Hause kümmerte sich eine Zugehfrau um den Haushalt. Nach dem Krieg war das alles vorbei, Wilhelmshaven war 1945 nur noch ein riesiger Berg Steine. Sie heiratete, jobbte ab und an bei ihrem Bruder, der ein Restaurant in Jever besaß, und kümmerte sich um die Bibliothek an der amerikanischen Schule, in der mein Vater als Lehrer arbeitete. Als ich den Nachlass meiner Eltern durchsah, erschrak ich, für welch jämmerliche Bezüge – auch für damalige Verhältnisse – sie gearbeitet hatten.

In Summe dieser Ereignisse bedeutete es, dass wir immer knapp bei Kasse waren; der Alte aus dem Osten, unangepasst, unordentlich und ein lebendes Denkmal einer Zeit, die man in der Bundesrepublik so gerne vergessen wollte. Da er aber mit 70 noch einen relativ jungen Sohn hatte, nahm er auch am gesellschaftlichen Leben teil, sei es durch Besuche an Schulveranstaltungen, sei es durch den Job, den er als Rentner noch annahm, weil das Geld zu knapp war. Das lebende Denkmal einer vergessenen Zeit war penetrant öffentlich, im Gegensatz zu anderen 70-Jährigen, die auf ihrem Sofa vor sich hindämmerten und wie mein Vater zu sagen pflegte: den lieben Gott einen guten Mann sein ließen.

Wenig Geld zu haben ist nicht sexy mit 7, 10, 12 oder 17. So war es eben – unter diesen Voraussetzungen war ich nicht derjenige, neben den man sich gerne setzte oder mit dem man sich traf, nicht die coolen Jungs und schon gar nicht die noch cooleren Mädchen.

***

Ich lag gedankenverloren in meinem Bett, im Fernseher von Tante Carla dröhnten laute Shows zu mir rüber, ich konnte SIE gedanklich nicht so fassen, da ich sie nur einen Augenblick gesehen hatte. Ich stellte SIE mir nur kurz vor, sie verschwand genauso schnell wieder aus meinem Kopf.

Ich nahm mir das See-Leben von Werner Koch vor: Der Mann, der See-Leben I erzählt, ist angestellt bei einer Kölner Firma. Nach seinem Urlaub weigert er sich, in die Firma zurückzukehren; er stellt sein Büro am See auf. Funktioniert das? Man wird sehen.

Ich weiß nicht mehr, wie es dem Mann ergangen ist, aber jedes Mal, wenn ich das Buch in der Hand halte, beim Abstauben oder wenn beim Ausmisten dieses Buch zur

Disposition steht und meine Frau fragt: „Werner Koch? Wer ist das? Wer in Gottes Namen ist Werner Koch? Kann das weg?", denke ich an Föhr und an SIE. „Nein, es kann nicht weg, definitiv nicht."

Carla schlief, ich hatte nicht aufgepasst, es war zu spät, an ihre Schlaftabletten zu gelangen, ohne dass sie es merken würde. Zum Glück hatte ich noch einen Zigarillo, den ich mitnahm, ich stahl mich aus dem Haus.

Die Nacht war so lau, der Wind blies sanft, die Möwen kreischten ein bisschen, die Pappeln rauschten im leichten Wind, ich schaute auf die Uhr, halb zwölf, Carlas sonores Schnarchen beruhigte mich, bevor ich ging, nur Sissy musste ich bändigen, indem ich sie mitnahm, ohne dass sie ihr übliches Theater Bellen, Quieken und Rattern der Zähne aufführte.

Sissy hatte verstanden, sie zog nicht und wollte auch nicht weg, ihr riesiger roter Kopf schaute mich an, die weißen Flächen in ihren Augen konnte man in der Dunkelheit sehen, zu ungewöhnlich war der Ausgang zu später Stunde.

Wir gingen unseren Weg zum Strand und im Schutze der Dunkelheit konnte ich diesmal etwas länger vor ihrem Haus verweilen. Das Licht brannte, man hörte Stimmen, zwischenzeitlich ein leises, gemeinsames Lachen, nicht mehr. Ich sondierte die Umgebung, das Haus: ein Holzhaus, maximal drei Zimmer, sehr gepflegt, wenn nicht sogar penibel. Kleiner Garten, Terrasse. Kein Stellplatz fürs Auto direkt vorm Haus – also musste es etwas weiter vorne auf dem Parkplatz des Cafés stehen. Drei Autos waren zu sehen: OD, NMS, HL.

Sissy zog nun, sie wollte ans Meer. Ich auch.

Ich saß auf der Bank, Sissy neben mir, direkt am Kliff, ich paffte meinen Zigarillo und Sissy schmiegte sich an mich, ein Verhalten, was mir von ihr bislang unbekannt war. Die laue Nordseeluft, der Sternenhimmel und das Kreischen der Möwen, der Ausblick auf die Lichter von Amrum verzauberten mich, Sissy fixierte den Horizont, ihre Nase bewegte sich hin und her und spürte verschiedene Geruchspfade nach.

Als wir zurückgingen, war alles dunkel bei IHR.

***

Ich weiß nicht, in wie viel unzählige Mädchen ich verliebt gewesen war. In der Grundschule waren es ein paar, in der Orientierungsstufe auch, auf dem Gymnasium ganz viele. Aber bei denen, in die ich verliebt war, hatte ich nie eine wirkliche Chance. Vielleicht mal in der Oberstufe, aber da habe ich es selbst vermasselt.

Corinna

Corinna war mit mir in der 7. Klasse eingeschult worden. Sie war blond und unwahrscheinlich hübsch, sie entwickelte sich zu einer jungen Frau, was mit Beginn der 10. Klasse ihren Höhepunkt fand. Sie war unwahrscheinlich liebreizend, cool, charmant und witzig. Sie war eine Traumfrau – ihr Lachen klingt mir noch heute in den Ohren.

Irgendwie hatte ich zu ihr einen Draht bekommen, vielleicht weil sie Außenseiter mochte.

Ich stellte ihr Mixtapes zusammen – in den 80er-Jahren eine Beschäftigung, um seiner Angebeteten verstehen zu geben, dass man sie mochte. Ich suchte selbstverständlich sanfte Jazz-Songs so aus, dass auch Nicht-Jazzfans mit etwas Gefühl für Musik sie mögen können. Ein bisschen *Pat Metheny*, ein bisschen *Chick Corea, Crystal Silence, Jan Garbarek, Palhaço* aus dem Album *Magico*. Ich gab ihr

Vinylplatten mit, wartete aufgeregt auf die Rückgabe und ihre Meinung: „Schön, toll!"

Ich lag auf dem Sofa und träumte von Corinna. Ich malte ihre Initialen auf die Tapete neben meinem Bett. Ich ergatterte ein blondes Haar von ihr auf einer Klassenfahrt und legte es in meinen Nachtschrank, nahm es raus und roch daran. Es roch nach nichts, aber es war einfach da und ein Teil von ihr. Ich lag auf dem Bett hoffte, dass sie mich besuchen kommen würde – ohne Anlass –, sondern nur, weil sie mich so toll fand. Natürlich kam sie nie, warum sollte sie auch?

Irgendwann – kurz vor dem Abi – lag sie in meinem Bett, wir hatten alle zu viel getrunken. Am Morgen als wir aufwachten, begann ich sie vorsichtig am Bauch zu streicheln, um all die Vorstellungen, die ich in den Jahren zuvor aufgebaut hatte, nun Realität werden zu lassen. „Ne Marcus lass mal, du bist wie ein Bruder für mich." Sie nahm vorsichtig meine Hand und legte sie etwas gönnerhaft dahin zurück, woher sie gekommen war. Lächelte. Meine Erregung legte sich so schnell, wie im Hochsommer ein Bad in einem Bergsee abkühlt. Ich stand auf, holte zwei starke Kaffees, setzte mich auf einen Stuhl und sah ihr zu, wie sie im Bett sitzend plauderte. Der Kaffee schmeckte, genauso wie die Situation war, beschissen.

Noch einmal, als ich bei der Bundeswehr war, mein emotionales Vakuum und die innere Leere war so groß, kehrte ich mein Herz von innen nach außen und schrieb ihr eine Art Liebesbrief, der Brief war so holprig wie meine Beziehung zu ihr. Noch mal wollte ich ihr sagen, wie sehr und so weiter. Ich hatte das Gefühl, ihr schreiben zu müssen, eine 14-tägige Panzerübung mit der Kompanie in den Bergen, 10-Bett-Zimmer, ein Plumpsklo pro Quartier, ließ mich zu dieser Verzweiflungstat hinreißen.

Selbstverständlich habe ich nie eine Antwort bekommen und als ich sie Monate später zufällig traf und darauf ansprach, sagte sie: „Ja, fand ich echt süß, deinen Brief, echt süß."

***

Sissy schleckte meine Hand. Tante Carla musste sie ins Zimmer gelassen haben, es roch nach Kaffee und Zigarre, der Fernseher dröhnte laut.

Der Kaufmann kam. Kaufmann, eine Bezeichnung von Tante Carla für einen Supermarktleiter: Kaufmann, im Sinne von Tante Erika: Ein Mann, der Waren auf irgendeinem Markt zu unbestimmten, verhandelbaren Preisen einkaufte. Kein Mann, der in einem klar strukturiertem Franchise-Unternehmen zu bestimmten Margen unter, von der Konzernleitung vorgegebenen, klar definierten Bedingungen handeln konnte oder auch nicht. Kaufmann, ein Begriff aus längst vergangenen Zeiten.

Wasser, Brause, Butter, Tee, Kaffee usw. Tante Carla hatte durch die Pension von Heesters so viel Geld, sie konnte aus dem Vollen schöpfen: „Marcus, was willst du?" Für jemanden, der nie aus dem Vollen schöpfen konnte, der immer wusste, dass das Geld knapp war, eine schwierige Frage. Fanta? Gab´s bei uns nur sonntags, wenn überhaupt. Natürlich gab es dann Fanta bei Tante Carla. Ich lag im Zimmer nebenan, hörte ihr Gespräch mit dem Edeka-Menschen, merkte, dass Carla etwas flirtete, eine 70-Jährige mit einem 40-Jährigen, der Mann ließ sich darauf ein, ausschließlich weil sie eine gute, zahlungskräftige Kundin war, die kaufte, wonach ihr das Herz stand und nicht, was gerade im Angebot war.

Ich holte meinen Walkman, 50 Mark, in Wilhelmshaven gekauft, von meinem mühsam ersparten Geld, Sony, hellblau. In der Bewegung, als ich den Walkman holte, sprang Sissy auf, ihre lange Rute wackelte und warf allerlei Nippes von den Abstellmöglichkeiten, die den Raum umgaben, ihre Schnauze legte sie auf meine Brust, ihre Augen sagten überdeutlich: Marcus, geh mit mir raus, jetzt.

Carla rief, „Frühstück ist fertig". Wir aßen, ich genoss englische Orangen-Marmelade, frische Brötchen, kalte Butter, die ich in Scheiben auf das Brötchen legen konnte. Wurst vom Fleischer, der noch selbst schlachtete, und dessen Wurst auch nach Wurst schmeckte. Orangensaft, Tee, sogar Rührei. Das Leben war schön, wenn dann nicht noch eine Sache wäre, die das Leben perfekt gemacht hätte.

Sissy begleitete das Frühstück mit Argusaugen, aus ihrem Maul lief der Speichel angesichts der vielen Köstlichkeiten, die auf dem Tisch standen.

„Marcus, geh nur mit Sissy, ich mach das hier schon." Ich wollte helfen, den Tisch abzuräumen, das Geschirr zu spülen. „Ich hab den ganzen Vormittag Zeit, lass mal Marcus, mir wäre es lieber, wenn du mit dem Hund raus gehst." Der Abwasch war ihr auch egal, sie stand in der Küche, spülte die Teller, pfiff vor sich hin, lachte laut auf, wenn ihr ein witziger Gedanke durch den Kopf schoss, drehte das AEG Röhrenradio Super 69WK so laut auf, wie sie konnte, sang ihr bekannte Lieder mit. Abwasch? Arbeit? Nein – mir geht es gut.

Ich duschte, Sissy kratzte an der Tür, das Scharren am Türblatt, das ich selbst durch den lauten Wasserstrahl hörte, sagte mir: Wir wollen los!

Für Sissy war das eine einfache Geschichte – für mich nicht so. Ich musste und wollte an ihrer Ferienwohnung vorbei, ca. 10 Meter hatte ich die Gelegenheit, kurz einen Blick zu riskieren, ob sie da war, was sie machte und ob sie mich wahrnahm. Ich war so dermaßen fixiert auf sie, nur der Augenblick sie gesehen zu haben, bestimmte meine Gedanken in jedem Moment, in dem ich allein war.

Föhr war zu der damaligen Zeit eine Rentner- und Familieninsel. In der Siedlung, wo Carla sich gegen den Willen ihrer Familie ein Haus gekauft hatte, ließen sich viele Berliner nieder. Zum Teil wohnten sie dort selbst oder vermieteten die Häuser an Interessenten: Rentner und Pensionäre, die ihre Kohle verbrieten, Familien mit Schippe und Schaufel. Und die Einheimischen, die davon profitieren – das tägliche, umtriebige und auch beruhigende Bild.

Ich lief mit Sissy, die brutal an der Leine zog, den Schotterweg entlang, die Feriengäste wuschen ihr Auto, lasen auf der Terrasse die BILD-Zeitung, die Kinder spielten Fußball oder rannten aus lauter Lebenslust kreischend in den Gärten herum.

Ich bog um die Ecke, noch 20 Meter, noch 10, sie saß auf der Terrasse mit ihren Eltern, ihre große Schwester war dabei, ich blickte verstohlen rüber, sie sah mich, schaute kurz zu mir, warf ihr Haar zurück und lächelte ihren Vater an, der eine Prinz-Heinrich-Mütze trug. Ich ging weiter, drehte mich nur mit dem Kopf noch einmal um und sah, dass sie mir, wenn auch nur kurz, nachsah; lächelte sie mir zu? Ich scannte den Parkplatz: NF, NMS, HB.

Mir wurde flau, ganz flau, sie hatte mich angelächelt. Es schien zumindest so. Oder nicht? War jemand hinter mir? Oder lächelte sie, weil es ein schöner Tag war, weil sie – einfach so – glücklich war? Hatte dieses Lächeln direkt was mit mir zu tun? Sissy schaute mich an, ihr war aufgefallen, dass ich mich in den zehn Sekunden beim Passieren der Ferienwohnung in meiner Körperhaltung verändert hatte. Es machte den Eindruck, als ob sie mit leicht verächtlichem Blick zu mir hochschaute.

Wir kamen auf den Strand zu, es war Tiefebbe, mit der Zeit hatte ich den Rhythmus der Gezeiten raus, nur bei absoluter Tiefebbe konnte ich mit Sissy bis fast nach Amrum laufen. DELIAL – bräunt ideal, eine hübsche Frau, perfekt gebräunt im gelben Bikini, lächelte mich an, nicht so hübsch wie SIE, dachte ich.

Die Sonne brannte, der harte Sand, die niedrigen Pfützen der verlassenen Priele euphorisierten mich, Sissy streckte ihren ganzen Körper in Richtung Sonne und rannte und rannte, ich sah nur einen vierbeinigen schwarzen Fleck im Horizont.

Ich legte mich in einen Priel, Sissy sah, dass ich nicht weiterlief, kam zu mir und legte sich dazu, ich streichelte ihr nasses, sandiges Fell, niemand weit und breit, sie drückte mir ihre kalte und große Nase ins Gesicht – wow, ich liebte diesen Hund. Das Wasser gurgelte, die Sonne glitzerte in den Pfützen, ich schloss die Augen.

Tiefebbe bedeutet, dass das Hochwasser beginnt. In dem Moment, wo sich die Weite des Wattenmeeres offenbarte, läuft das Wasser langsam, aber unaufhaltsam wieder auf, das ewige Auf und Ab zwischen Dürre und Überschwemmung Vor Goting lag eine große Sandbank, die den ungeübten Wattwanderer in der Illusion beließ, dass die Flut nicht käme. Man konnte die Sandbank sehen, man konnte aber nicht sehen, dass das Wasser von den Seiten um die Sandbank herumlief und zu einem gefährlichen Priel heranwuchs.

Sissy und ich hatten all diese Unwägbarkeiten der Nordsee in der ersten Woche erkundet – ihre Instinkte warnten mich, wenn ich aus Unwissenheit zu weit gegangen war.

Amrum war zum Greifen nah, ich konnte die Konturen der Insel so deutlich sehen, es war ruhig, keine Vögel, nur das Arbeiten des Watts war zu hören, das leise Rauschen der Priele: Sissy und ich waren lange draußen, so weit waren wir noch nie gegangen. Sissy lief ihre Kilometer am Horizont, von links nach rechts, von rechts nach links. Ich lief in Richtung Amrum – immer weiter.

Auf einem Mal stand der Hund neben mir und bewegte sich nicht von meiner Seite. Er schaute zwar – ganz Jagdhund immer nach vorne –, aber auch zu mir. Der Hund, der nie zu bändigen war, den man nie ohne Leine loslassen konnte, der so gar nicht erzogen war, der auf alles geschissen hatte, was ihn in seinem Freiheitsdrang eingrenzte, stand auf einmal neben mir, guckte mich an und wartete.

Ein bisschen dauerte es, bis ich die Botschaft Sissys verstand und mich in Richtung Goting umdrehte. Zu Recht, denn die Flut kam. Und zwar so langsam und schnell, wie eine Flut eben kam; die Sandbank lugte zwar noch ein Stück heraus, aber Sissy und ich mussten schwimmen, um an Land zu kommen, die Strömung war schon sehr stark, ich musste sehr hart dagegen ankämpfen.

Mit 17 merkte ich nicht, dass ich gerade großes Glück gehabt hatte und ich mein Leben einem völlig wilden und irren Setter anvertraut hatte. Am Strand zurück war die

Hündin wieder die Alte und ließ es sich nicht anmerken, dass sie eben ihrem verliebten Herrchen mitten im Sommer, am helllichten Tag vielleicht sogar das Leben gerettet hatte. Sie zog wie immer an der Leine und kugelte mir fast den Arm aus.

Am Strand zurück zu sein bedeutete auch, wieder bei IHR vorbeizugehen.

Ich überlegte, während Sissy an meinem Arm riss, was ich tun könne, um IHRE Aufmerksamkeit zu erreichen, so ein bisschen.

Nur so ein bisschen, ich wollte auch nicht aufdringlich sein. Nur so ein scheiß bisschen.

Sissy hatte gerade einen Hasen gesichtet, den sie offenbar erlegen wollte, so sehr wie sie an der Leine zog, da wurden meinen Fragen schon beantwortet: SIE kam mit ihrer Schwester aus dem Gang in Richtung Strand und sah mich, musste mich gesehen haben, sah mich aber nicht an und ging an mir vorbei... Ich drehte mich um, sie scherzte mit ihrer Schwester. Ich roch eine Spur ihres Parfüms, das der Wind sofort in alle Himmelsrichtungen zerstreute. Es roch gut.

***

Meine Mutter rief an, „wir kommen in zwei Wochen, wie geht es dir, mein Lütti?"

Mir ging es eigentlich sehr gut, wenn... „ja, es geht mir sehr gut. Es ist total nett hier. Ja, Tante Carla ist super." „Anika vermisst dich so, wir auch." „Ich euch auch." War geflunkert. Ich vermisste sie eigentlich gar nicht, fast das Gegenteil war der Fall, denn wenn sie hier wären, würde dies alles nur noch mehr verkomplizieren.

Warum hat sie mich nicht gesehen? Sie hat mich wirklich nicht gesehen.

Zeit für eine Schlaftablette aus Carlas Schrank, ein, zwei Schluck Bärenfang dazu, eine Zigarre, mmh, da ist ein Blick auf die Dinge sicher schärfer.

So saß ich am Strand, eine Tablette *ROHYPNOL*, zwei Schlucke Honigschnaps intus und eine veritable Zigarre im Mund und dachte darüber nach. Warum? Um das vielfältige „Warum" wurde ich betrunkener, dachte an dies und jenes, die Tabletten hatten in der Tat einen besonderen Rauscheffekt – mein Kopf wurde schwerelos, wurde euphorisch. „Ha", sprach ich in den leichten Sommerwind, „das wird schon. Das wird schon."

Am nächsten Tag wurde ich durch meine beiden Damen aufgeweckt, ich war stark verkatert. Sissy hatte sich nun direkt ins Bett getraut, sie roch noch stark nach Watt und Carla bereitete lärmend das Frühstück vor, der Fernseher dröhnte laut die Nachrichten durchs Haus. Sissy streckte sich und drückte mir ihrer Vorderläufe ins Gesicht. Vorsichtig, ganz vorsichtig, um Sissy nicht zu elektrisieren, ergriff ich meinen Walkman und hörte *Au Lait* von *Pat Metheny*. Traf meine Stimmung – sie war im Keller, neben einem ausgewachsenen Kater, war ich sehr niedergeschlagen –, mein Guthaben guter Laune für zwei Tage hatte ich am Abend vorher verbraucht.

Schlechte Stimmung, das war nicht Tante Carlas Geschäft: „Marcus, was ist los mit dir? Liebeskummer?" „Ja", sagte ich, wohl wissend, dass es Carla nullkommanull interessierte, zumal sie eh kaum zuhörte, wenn man etwas sagte.

„Ja, ja Liebeskummer hatte ich auch, immer wieder", sie erzählte von ganz schicken Burschen in Ostpreußen, Offizieren, Gutsbesitzern und anderen, die so höllisch in sie verliebt waren, aber irgendwie kam immer was dazwischen: die Mutter, garstige Rivalinnen, die ihr den Erfolg nicht gönnten, der Krieg – ja, so ist das Leben eben. Eben, so ist das Leben.

Manuela

Wochenende, Bundeswehr, Revierreinigen, ich musste den Zug bekommen nach Hause: Familie, die Jungs und so.

Das Stuben- und Revierreinigen ging reibungslos, kein Unteroffizier hatte Wochenenddienst, was bedeutete, dass auch sie Interesse daran hatten, schnell Feierabend zu bekommen. Keine schikanöse Kontrolle des Spinds, keine Ecke, in der sich eine Natomaus versteckt hielt und auch keine Oberhemden, die nicht sauber gefaltet waren. Ich raffte meine Wäsche zusammen und zog mich auch nicht mehr um, so dass ich mit meinem Grünzeug bekleidet knapp den Bus bekam, der halbstündlich zum Bahnhof fuhr. Der Zug war rappelvoll, nichts Ungewöhnliches für einen Freitagnachmittag, ich setzte mich neben einer jungen Frau, so Anfang 20, die gedankenverloren aus dem Fenster schaute und ein BWL-Buch auf ihren Knien abgelegt hatte. Neben ihr saßen ein Teenager mit Walkman und ein älterer Herr, der krampfhaft sein Ticket festhielt, offenbar in Sorge, dass es ihm jederzeit ein Strolch entreißen könne.

„Hallo", ich war ein wenig überrascht, dass die junge Frau mich ansprach.

„Hallo." „Wochenende, was?" „Ja", sagte ich. „Waren harte Tage, wir hatten eine Übung, eigentlich die ganze Woche, draußen am Standortübungsplatz. War ein bisschen viel „grün" auf dem Dienstplan." „Mmh, kenn ich, mein Bruder war vor zwei Jahren beim Bund, ich weiß um das Theater. Wo kommste her?"

„Aus Schortens, bei Jever." „Ich komm aus Wuppertal, habe grad mit dem Studium in Wilhelmshaven angefangen, Wirtschaft, ich bin Manuela." „Ich bin Marcus."

Wir plauderten die Fahrt über: wir erzählten uns von Familie, Schule, was wir vorhaben, was nicht, was wir lustig fanden, was nicht, wie das Abi war und überhaupt alles, was so eine 45-Minuten-Fahrt hergab. Ja, cool. „Ich muss hier raus, ja, ich fahr noch weiter, war nett, dich kennenzulernen, cool." „Ich hoffe, wir sehen uns noch mal, wäre nett." „Ja sicher", sagte ich mit Blick auf den Bahnhof, ob der Anschlussbus schon da war.

Ja, es war wirklich cool, fand ich echt schön, lange nicht mehr so ein nettes Gespräch gehabt, mit einer Unbekannten schon mal gar nicht, sie war auch echt hübsch und wurde mit jeder Sekunde, mit der ich mit ihr sprach, hübscher, ja, wow. Auf dem Weg zum Bahnhofsvorplatz wurde mir langsam klar, dass ich ein flaues Gefühl im Bauch hatte und es wurde mir ebenso klar, woher dieses kam: Hatte ich mich verliebt? Diese sagenumwobene „Liebe auf den ersten Blick"?

Ich fuhr mit dem Bus nach Hause, rekapitulierte das Gespräch noch einmal und zeichnete mir ihr Äußeres nach. „Ich hoffe, wir sehen uns noch mal", hatte sie gesagt. Ja, das wäre nett – warum habe ich mich nicht gleich mit ihr verabredet? Wilhelmshaven war doch nicht aus der Welt. Warum nicht?

Zuhause angekommen, die Jungs waren schon da, saßen im Garten, die Biere waren auf und grölten: „Marcus, komm her du Penner, komm, ein schnelles Bier!", ein zweites, ein drittes – aus dem dritten wurden dann zehn, ich schlief auf dem Sofa ein, die Woche Bund hatte mich doch arg geschlaucht.

Tags drauf, am Samstag wollten wir in die Disco nach Wilhelmshaven, Oliver wollte fahren, dann durfte er halt nicht so viel trinken.

Nachmittags Fußball-Bundesliga gehört, dabei die Karre der Eltern sauber gemacht, ein paar mehr Pils eingefahren, die Dorfdisco – ne. Muss heute nicht sein, lass uns in die Stadt fahren, Oliver setzte sich ans Steuer, obwohl er schon einige Biere beim Fußball hören getrunken hatte.

Wir waren gut drauf – noch ein Pils –, was für'n schicker Laden, wir gingen rein, alles in weiß-türkisen, mediterranen Stil gehalten; man trank eher Cocktails als Bier, es lief *CAMEO, She's strange.*

Manuela stand gelangweilt an der Tanzfläche und war relativ alleine – ein paar Freunde oder Studienkollegen um sie herum, nett, aber allein.

Ich sah sie, sie sah mich, ich grüßte und fuhr ein Bier ein, sie grüßte zurück und lächelte mich an und schaute auffordernd zu mir.

Die Jungs, die mittlerweile auch da waren, machten Druck: „Ey, lass uns was Kleines trinken". Ich blickte kurz zu Manuela – sie erwiderte meinen Blick noch einmal sehr auffordernd.

„Ja, ich komme, wartet auch mich", rief ich den Jungs zu, als wenn wir nicht schon genug getrunken hätten. Wir tranken und tranken, irgendwann war bei uns die Luft raus, die Gespräche verstummten und ich besann mich, jetzt zu ihr zu gehen. Ich suchte den Laden mehrfach ab, sie war weg.

Ich habe sie nie wiedergesehen.

Am nächsten Morgen lag ich im Liegestuhl im Garten zu Hause, schaute in den grauen Himmel und rauchte eine Zigarette nach der anderen, zündete die eine mit der andern an, es fing an zu regnen, die Zigaretten gingen aus, ich zündete mir trotzdem wieder eine neue an, ich blieb liegen, bis ich fror und meine Mutter mich reinholte.

***

Ich war niedergeschlagen, auch die permanent gute Laune meiner beiden weiblichen Begleiter konnte mich nicht aufheitern, was die aber einen Scheiß interessierte. Sissy hatte nur ein Ziel, raus aufs Watt, was ich ihr nicht übelnehmen konnte. Und Tante Carla war schon etwas entrückt von der Wirklichkeit, aber nur ein bisschen. Sie thronte auf ihrem Kunstledersofa, Zigarre im Mund und plauderte. Und plauderte. Was ich ihr auch nicht übelnehmen konnte, überhaupt, ich konnte ihr nie was übelnehmen.

Ich lief in den Ort Nieblum. Sissy blieb zu Hause, das konnte sie nicht verstehen. Ich ging außen rum, nicht an ihrem Haus vorbei. Ich lief durch Goting, eine Telefonzelle, ein Pferdehof, Heckenrosen umzäunten die Grundstücke; immer, wenn ein kleiner Windzug durch die Hecken wehte, kam der süßliche Duft der Blüten zu mir, kombiniert mit der Seeluft.

Einen Bäcker, einen Tante-Emma-Laden, einen Fleischer und einen Zeitschriftenhändler gab es in Nieblum. Durch die Mitte ging eine Straße, zum Teil mit Kopfsteinpflaster, die Häuser fast alle mit Reet gedeckt. Egal zu welcher Zeit, der Ort war immer proppenvoll, die Autos ergatterten die raren Parkplätze, viele Väter holten am Morgen die Zeitung und die Brötchen für das Frühstück. Die Hauptstraße war von Bäumen umringt und obwohl der Ort so voll war, kam nie Hektik auf.

Die Kicker-Sondernummer sollte mich ein bisschen ablenken, das war ein Muss für jeden Fußballfan. Für einen Schüler sehr teuer, fünf Mark. Ich setzte mich auf die Bank vor dem Zeitschriftenhandel und schaute dem Treiben zu, die Sondernummer war noch nicht da. Ich überlegte, wem ich meine Niedergeschlagenheit mitteilen konnte. Meinen Freunden? Nein, da war Fußball Thema, über Mädchen redete man nicht, wenn, dann eher verächtlich aufgrund der Unerreichbarkeit. Meiner Familie? Nein, auch nicht. Meine Mutter war der festen Überzeugung, dass ihr Sohn wohl ein bisschen schwärmen durfte, aber mehr auch nicht. Mit 17 eh zu früh, die Schule musste geschafft werden und überhaupt...

Meinem Vater? In der 11. Klasse sprach er mit mir über das Thema, ein paar praktische Tipps für die Hygiene. Mehr nicht. Ich glaube, er konnte über solche Dinge nicht sprechen, so viel Nähe war nicht sein Ding. Oder er hatte es nie gelernt oder vielmehr verlernt, über mehr zu sprechen, als die alltäglichen Dinge des Lebens: Job, Auto, Geld. Wenn er betrunken war, dann blitzte da mal was auf, aber nie so viel, dass es zu einem Gespräch zwischen Vater und Sohn gekommen wäre, in dem es mal nicht um Schule oder die demnächst anstehenden Arbeitspakete ging.

So ging ich alle meine Kontakte durch, einzig Oliver fiel mir ein. Ne, Jungs sprechen nicht über Gefühle.

Ich ging zurück, vorbei am Teich, wo die ersten Familien die Enten mit Brotkrumen fütterten, vorbei am Café Nieblum, vorbei am Fußballplatz, an den Kuhwiesen, wo ich mit meinem Vater immer Champignons sammelte, die Carla am Abend mit den restlichen Kartoffeln vom Mittag aufbriet.

Die ersten Strandgäste fuhren in Richtung Meer, die Fenster ihrer Autos weit geöffnet, Arme baumelten gelassen heraus – es war schon recht warm. Vorbei an Getreidefeldern, die schon gelb von der Wärme der letzten Tage waren. Fahrradfahrer, Väter bepackt mit allerlei Strandgut, Schaufeln, Bällen, Decken, Mütter passten auf die Kinder auf, die unsicher die Spur mit ihren Rädern hielten.

Ich schlenderte den Strandweg entlang, ein wunderschöner Weg, mit Strandsand, der so wunderbar weich und warm war, rechts und links meterhohe Heckenrosen, die den Weg mit ihrem Duft einnahmen. Wie lang war der Weg, 50, 150 Meter? Ich bog ein und sah, wer von der Strandseite auf den Weg trat, ohne Schwester, allein. Ich hielt kurz inne, ich merkte, wie mir die Luft wegblieb.

Was war nun zu tun? Die einfachste, aber peinlichste Variante war, abzubremsen, umzudrehen und den anderen Weg über die Straße nach Hause zu gehen. Darin war ich gewissermaßen kernkompetent, einfach weglaufen und den Herausforderungen aus dem Weg zu gehen. Die zweite Variante war, ihr unweigerlich so nah zu kommen, wie ich es noch nie gewesen war, und damit die Weichen zu stellen, wie sich die Situation mit ihr entwickeln könnte.

Sprich sie an, sagte ich mir: „Hallo, ganz allein unterwegs?"

Sie wird antworten: „Ja, klar, siehste doch. Oder ist hier noch jemand?"

Oh Gott, wirklich selten dämlich.

„Hi, wo willst du denn hin?"

„Das geht dich gar nichts an."

Ne, ging mich auch wirklich nichts an.

Sie kam immer näher. Ich verlangsamte den Schritt, der Weg war maximal 1,50 breit.

„Hallo, schön dass ich dich hier mal treffe."

„Wer bist du denn?"

Ne, geht auch nicht. Wenn überhaupt, hatte sie mich kurz mal gesehen und sie hatte mich kurz angelächelt – oder doch nicht? Langsam verlor ich den Mut. Sie kam näher, noch 20 Meter.

„Hi, cool, dass ich dich hier mal treffe, wie heißt du?"

„Ach, du bist doch der, der immer zu uns rüber glotzt, wenn du bei uns vorbeigehst, oder? Und hast du nicht immer diesen schrecklich unerzogenen Hund bei dir? Mann, gehst du mir auf den Sack!"

Ne, ging auch nicht. 10 Meter, mein Hals war trocken, 5, 3, 1 Meter.

Ich schaute sie an. Sie schaute mich an: „Hallo"

„Hallo!"

Sah ich einen Ansatz eines Lächelns in ihrem Gesicht? Sie stockte kurz, schien anhalten zu wollen, ich lief weiter, sie auch. Ich schaute auf den Boden. Oh Mann...

Nach zehn Metern drehte ich mich um. Sie drehte sich auch um.

Ich ging weiter.

Mir fiel unweigerlich die Szene in dem Film der Clou ein, als Paul Newman Robert Redford aufwendig versucht zu erklären, warum etwas schief gegangen sei. Und Robert Redford antwortete nur mit unglaublicher Lässigkeit: „Gib's zu, du hast es vermasselt."

Ja, ich hatte es vermasselt. Wieder einmal. Allerdings mit dem entscheidenden Unterschied, dass Robert Redford und Paul Newman cool waren, ich nicht.

***

Zeit für eine Kiste Bier und eine Flasche Schnaps hätte ich mir gesagt, wenn ich 20 gewesen wäre – ein wunderbarer Grund sich zu besaufen und sich aus der realen Welt wegzuschießen, um am Folgetag feststellen zu müssen, dass die Welt zwar für einen Moment weg war, nun nach fünf Stunden Schlaf allerdings wieder da war, nur noch grausamer, mit Kopfschmerzen, Übelkeit und der Unwissenheit eines Filmrisses, der nur vermuten lässt, was man für ein Unsinn gemacht, geredet oder vollbracht hatte.

Ich war keine 20, somit standen weder eine Kiste Bier noch eine Flasche Schnaps zur Verfügung, sondern nur zwei leicht überdrehte Damen: ein Hund, eine Tante, Honigschnaps und Schlaftabletten.

Ich fasste zusammen: Sie war noch hübscher als ich mit dem Blick über die Hecke feststellen konnte, sie roch gut, nein besser. Soweit die guten Nachrichten. Die schlechten: Ich hatte es vermasselt. So richtig. Zumindest hatte ich sie angesprochen, das Ergebnis war ernüchternd.

„Hallo". Okay. War ein Anfang. Mehr aber auch nicht. Konnte ich nicht mehr sagen, aber was?

Ich Vollidiot.

Ich ging in Richtung Strand, die Sonne stand hoch, das Wetter war wunderbar, der Vormittag war fast vorbei. Die Insel Amrum lag leicht im Dunst, Ebbe. Spaziergänger auf dem Watt, die Strandkörbe waren fast alle belegt, ich drehte mich noch einmal um, sie war weg. Ich setzte mich an den Strand, ließ den warmen Sand durch meine Hände gleiten und dachte nun, dass ich ziemlich verliebt war.

Dass ich ziemlich verliebt war und es vermasselt hatte. Warum hatte ich sie nicht ansprechen können, etwas Smalltalk halten, ein kleines Date ausmachen oder sowas. Stattdessen: "Hallo".

„Hallo" sagte ich auch zu Tante Margret, wenn sie in der Nachbarschaft den Müll rausbrachte. „Hallo" sagte ich auch zu meiner Kunstlehrerin, dieser Schreckschraube.

Ich ging zum Haus zurück, schließlich wartete jemand auf mich, die ein Date herbeisehnte: Sissy.

Von der Straße, sobald ich mich unserem Haus näherte, roch ich schon den Zigarrenrauch, das Radio dröhnte laut, im Glas der Haustür sah ich den Schatten von Sissy: sie stand wartend am Eingang, sie schien die Tür zu fixieren.

„Post für dich, war es schön in Nieblum?"

„Ja, war super, ich habe..., ach egal."

„Ja, mir ist manchmal alles egal, damals in Königsberg..."

Ich ging in mein Zimmer, Carla redete noch einen Moment weiter, bevor sie merkte, dass ich nicht mehr da war.

Oliver hatte geschrieben: Es war öde in Friesland. *Pat Metheny* hatte ein neues Album herausgebracht, *Travels*. Er hing mit den Jungs ab. Bald geht die Schule wieder los, sei froh, dass du auf Föhr bist, ich langweile mich zu Tode.

Ich schrieb zurück, sofort, in der Küche klapperte es, Carla bereitete langsam das Essen vor, Kotelett mit Salzkartoffeln und frischen Bohnen dazu Sahnesoße, Sissy missbilligte, dass ich schrieb und nicht mit ihr rausging.

„Moin Oliver, hier ist es schön, die Sonne scheint den ganzen Tag. Sissy hält mich auf Trab, es macht Spaß mit ihr stundenlang durchs Watt zu gehen. Tante Carla ist lustig, ich hoffe, du lernst sie mal kennen. Super, dass Pat Metheny ein Livealbum rausbringt, das ist bestimmt geil. ~~Heute habe ich ein großartiges Mädchen kennengelernt, echt hübsch und scharf. Mann, ich glaube ich bin echt verliebt. Ich habe sie heute angesprochen, mal sehen, ob das was wird. Ich halte dich auf dem Laufenden.~~ Schatzschneider und Wuttke kommen zum HSV, hast du das schon gehört? Hrubesch kann keiner ersetzten. Ist einfach so, oder?

Ich werde gleich noch mit Sissy rausgehen, aber erst mal gibt es Mittag, Tante Carla hat was Geiles vorbereitet.

Wen wir wohl in Mathe kriegen?

Bis dahin, viele Grüße, Marcus"

Es gab das Kotelett, Carla brachte gleich drei, man weiß ja nie, die Sahnesauce dazu, Salzkartoffeln und Bohnen mit brauner Butter, dazu Gurkensalat mit Sahne. „Nimm mal ordentlich", pflegte Carla immer zu sagen, ich nahm ordentlich, bei dem Gurkensalat musste ich die Sahnesoße auslöffeln, denn das – so Carla – war das wirklich Gute am Salat. Ich löffelte, denn ich war ein braver Junge. Das dritte Kotelett aß ich auch, war lecker.

Sissys Geduldsfaden schien zu reißen, sie wurde zunehmend zudringlich – das Essen interessierte sie nur sekundär – klar, sie saß bei Tisch und riesige Sabberfäden seilten sich aus ihrem Fang ab, während Carla und ich uns über Fleisch, Bohnen, Butter und Sahne hermachten. „Sissy, pfui", Tante Carla wischte die langen Fäden mit einem Lappen ab.

Ich stand auf, half ihr beim Abräumen, aber nein Abwasch usw., darum musste ich mich nicht kümmern.

Carla warf dem Hund die übrig gebliebenen Knochen zu, die Sissy rasend schnell verschlang.

Ich schob Sissy beiseite und legte mich hin, ich schlief sofort ein, Sissy kratze an der Tür.

Die Mittagsruhe, ein heiliges Relikt in der Familie. Nach dem Essen wurde sich hingelegt, eine Stunde, eine halbe. Mein Vater, als mein Bruder und ich noch klein und lärmend durchs Haus stürmten, fuhr unseren Opel Rekord B in den Garten und kurbelte den Beifahrersitz nach hinten, öffnete einen Spalt das Fenster, schob seinen 60er-Jahre-Hut, wie ihn Richard Widmark in „Nur 72 Stunden" trug, über die Augen und schlief. Einen Kêf halten nannte er das. Warum er gerade diese Bezeichnung dafür verwendete, hat sich mir nie erschlossen.

Ich träumte, was 17-Jährige, die verliebt waren, eben so träumten.

Ich schlief länger als geplant, es war 15 Uhr, als Carla in mein Zimmer kam und sagte, dass es nun Kaffee und Kuchen gäbe, selbstgemachten Käsekuchen mit Sahne. Ich war noch im Halbschlaf, Sissy stürmte ins Zimmer und leckte mein Gesicht: Ja, sie stürmte ins Zimmer, sie drückte die kleine Frau zur Seite und sprang auf mein Bett, ihre Pfoten auf meinem Brustkorb, ihre warme, borstige Zunge schleckte durch mein Gesicht.

Ich träumte auch von meinem Vater, der einfach nur Richard Widmark mit Hut sein konnte, ohne diesen ganzen Wehrmachtsscheiß.

Minou

Ich weiß gar nicht mehr, wie sie mit bürgerlichem Namen hieß. Sie war jahrelang mit einem Typen zusammen, ich glaube, schon seit der 9. Klasse, sie war nicht übermäßig hübsch, aber doch recht attraktiv. Nachdem sie sich von dem Typen getrennt hatte, war sie noch mit Jungs aus

Jahrgang 12 und 13 zusammen, meist echte Machos, braungebrannte Kicker aus der ersten Kreisliga-Mannschaft und FH-Studenten mit Golf GTI. Irgendwie und irgendwann kam ich ihr – aus welchem Grund auch immer – nahe, auf einer Party in der Dorfdisco. Was sie an mir gefunden hatte, war mir nicht klar, aber wir knutschten, meist war ich stark alkoholisiert. Weitere Annäherungsversuche ließ sie in meinem Zustand nicht zu, so sehr ich mich auch bemühte und zusammenriss. Sie war in solchen Dingen Profi, während ich blutiger Anfänger war.

Sie mochte es nicht, so billig im Alkoholrausch verführt zu werden. „Lass uns mal treffen, dann machen wir was zusammen" und sie wandte sich ab, ohne nicht noch einen heißen Kuss zu hinterlassen.

„Ja, klar", sagte ich.

Sie lebte in einem noch kleineren Ort als ich, nicht weit weg.

An einem Abend fasste ich mir ein Herz und wollte sie besuchen, ich war stocknüchtern. Schon die Ansage zu Hause, dass ich nun wegfahre – ich war 18 – ließ meine Mutter aufhorchen: „Wohin? Wann bist du wieder da? Denk dran, morgen ist Schule, wohin willst du?"

Ich log. „Ich will zu… Oliver." „Zu Oliver, jetzt? Warum? Ihr seht euch doch morgen in der Schule." „Ja (dass wir Hausaufgaben machen wollten, wollte ich nicht bringen, das wäre zu offensichtlich geflunkert) wir wollten nur etwas … Fußball spielen." „Warum kommt er nicht hierher, ihr spielt doch sonst immer hier, ist auch ein bisschen spät, dahin zu radeln, dann wieder zurück… das wird zu spät." „Ja, hast recht, ich geh nach nebenan zu Carsten oder Thorsten." „Okay, sei wieder früh zurück."

Das war kein Lippenbekenntnis, meine Mutter lag so lange wach, bis ich zurück war. Bis 22 Uhr. Und wenn ich nicht zurück war, es war unter der Woche, gab es Ärger. Richtig Ärger, der sich auch über Wochen ziehen konnte. Sie sprach nicht mit mir, sagte kein Wort, gar kein Wort, mein Bruder und Vater fragten dann, was ist da los, Marcus, bügel das wieder aus, du kennst sie doch, muss das denn jetzt sein – sie litten mit.

Mein Zeitfenster war auf drei Stunden beschränkt, es war 19 Uhr. Egal jetzt, ich log nicht gerne, ging zu Carsten, sagte ihm, dass ich bei ihm bin, bis 22 Uhr und dass er die Fresse halten sollte, wenn meine Mutter ihn fragen sollte. Und das könnte wirklich sein, dass sie ihn aushorchte, einfach mal so, im Vorübergehen.

Passte. Carsten stellte zwar auch Scheißfragen, ließ es aber dann auch. Somit war es schon zwanzig nach sieben, als ich von Carsten abdampfte, ich rechnete kurz nach, Ankunft halb acht: große Überraschung, Smalltalk, Warm-up, gemütlich machen und so weiter; ich brauchte nicht lange nachdenken, für einen romantischen Erstkontakt mit klarer Absicht war die Zeit zu kurz, wollte ich nicht einfach aufstehen und sagen: Ja, war nett, ich muss jetzt leider los, es ist 21 Uhr 45, Mama hat mir eine klare Zeit mitgegeben, da gibt es kein Pardon, zog mich an und machte mich auf den Weg. Okay, würde sie antworten, kein Thema, mit 18 musst du um 22 Uhr zu Hause sein, klar, ne, ging irgendwie gar nicht.

Ich schnappte mein Fahrrad und radelte in Richtung Minou. Ich war aufgeregt je näher ich dem Dorf kam. Ich hielt an der letzten Hauptstraße zur Ortschaft an, überlegte, drehte um.
Drehte einfach um.

Schön, dass du schon wieder da bist, rief Mama. Ja, schlaf gut.
Ich hörte noch auf meinem Walkman *Alex O'Neal*
If you were here tonight
By my side
If you were with me now
Trank ein Bier und ein zweites.
Ich schlief schlecht.
Ich sah Minou noch ein-, zweimal wieder. Sie war immer noch nett, gab mir noch einmal eine Chance. Und auch eine zweite. Ich glaube sogar eine dritte.
Die ich nicht nutzte.

***

Der Gang zum Strand war für mich nun aufregend – schon vor der Tür, nachdem ich Sissy angeleint hatte, war ich nervös – ich lief den Weg durch die Siedlung, bog ein, hielt kurz inne, gleich kam ihr Haus. Sie war nicht da.
Niemand war da, die Fensterläden geschlossen, auf dem Tisch auf der Terrasse stand ein Aschenbecher. Ein bisschen erleichtert, aber auch enttäuscht ging ich weiter. Erleichtert, weil ich nicht unter Druck geriet, irgendwas zu machen: zu lächeln, zu grüßen oder sonst noch was.
Der Parkplatz: NMS, BOR, HB.
NMS ist immer da, dachte ich, SY 2 weißer Bulli.
„Sonntag kommen Mama und Papa", sagte Carla, es war Montag. „Sie haben für euch ein Zimmer, nicht weit weg von hier."
NMS-SY 2, da muss ich mal drauf achten, war ja nicht das einzige Haus hier.
„Du gehst dann mit rüber in die Ferienwohnung, Essen gibt es bei mir." „Ja, super."

Ich hatte meinen Walkman mit, vielleicht fand es Sissy unhöflich, sich nicht ihr ganz zu widmen.

„Um 15 Uhr ist die Fähre da. Willst du sie abholen?"

„Nein, muss ich mit dem Bus hin, ich sag's Mama."

Sissy und ich liefen uns die Seele aus dem Leib, es wurde zunehmend schwerer, weit zu gehen, da sich die Tiefebbe immer weiter in die Mittagsstunden verschob.

Mittagessen, Mittagsschlaf. Sissy war müde, sie schlief und bemerkte nicht, dass ich das Haus verließ.

DO, NF, NMS-SY 2. Ich kam von der anderen Seite, sie saß mit ihrer Familie auf der Terrasse und scherzte, ich ging vorbei, sie bemerkte mich nicht.

Wie lächerlich, dachte ich, was soll das? Fragte ich mich. Die ist eine Nummer zu groß für dich, außerdem krieg ich's nicht hin, sie anzusprechen, lass es doch einfach. Ja. Lass es.

Am Abend setzte ich mich aufs Kliff, hatte mir einen Zigarillo, ein bisschen Schnaps organisiert, sah aufs Meer und hörte Musik. Sissy machte einen entspannten Eindruck, tagsüber hatten wir einen Gang Richtung Utersum gemacht, es war ein langer Marsch – sie schien erschöpft.

Pat Metheny Group, das Solo von Lyle Mays in *The Search* war so schön wie der Ausblick aufs Meer, die Luft, der Strand. Ich frage mich noch immer, ob Lyle Mays das Solo wirklich improvisiert hatte, oder, ob er sich vorher überlegt hatte, was zu spielen sei, um ein wirkliches Meisterwerk abzulegen. Ich nahm die Schlaftablette, die Wirkung zusammen mit dem Schnaps versetzen mich erst mal in ein Hochgefühl, ich hatte einen Sony-Kopfhörer, der die Musik erheblich verstärkte, ich war fast allein am Kliff.

Die Lichter auf Amrum, gegen Abend kam die Flut, die Strandläufer kreischten. Ich lief zurück, das einzige Fahrzeug war der weiße NMS -Bulli, bei ihr brannte Licht, ihre große Schwester saß draußen und rauchte eine Zigarette. Sissy passte sich dem allgemeinen Ruhebedürfnis der Umgebung an und lief locker an der Leine.

Am nächsten Morgen erwachte ich mit einem leichten Kater, der Alkohol war nicht das Problem, die Tablette benebelte mich und lag wie Blei in meinen Gliedern, ich nahm den Kopf hoch und senkte ihn wieder, meine Stimmung war im Keller, eigentlich immer dann, wenn ich zuvor ein Hochgefühl hatte. Ich stellte mir das immer wie eine Sinuskurve vor, dem Höhepunkt folgte ein Abfall mit einem Tiefpunkt, und im schlechten Fall ein langer Verlauf parallel zur x-Achse, bevor ein Höhepunkt bevorstand. Am einfachsten wäre ein paralleler Verlauf zur x-Achse. Mein Vater hatte unlängst darüber nachgedacht, was dies bedeuteten würde.

„Ups, mein Schnaps ist fast alle, ich muss den Kaufmann anrufen", rief Carla. „Habe ich so viel getrunken? Egal, dann bestell ich eben eine neue, oder zwei. Ich könnte auch hundert bestellen", sie lachte laut, „oder zweihundert?"

Oliver hatte geschrieben – es war immer noch langweilig in Friesland – er hatte mir ein Tape von *Travels, Pat Metheny, live* zugeschickt, wie geil. Ich vergaß sie. Komplett. Und hörte das Tape.

Die Live-Aufnahmen waren draußen, man hörte den Spirit und den Sommer – unfassbar schön. Es passte zum Sommer auf Föhr, allein, Sonne. Und sie, ja, dann war sie doch wieder da.

Ich ging den Weg hoch, war noch berauscht vom Album, sie lag im Liegestuhl im Bikini, Sonnenbrille auf, einen Drink in der Hand, wie im Film. Ich, euphorisiert von der Musik, schaute sie direkt an, sie erwiderte meinen Blick, lächelte und sagte Hi? Hallo? Oder nichts?

NMS-SY 2, ja, das waren sie.

„Hi Oliver,

danke für das Hammer-Tape, die Platte muss ich mir auch kaufen, auf jeden Fall.

Richtig geil. Immer noch so langweilig bei euch? Mach doch mit Carsten und Co. was Cooles.

Hier ist es super. Sonntag kommen meine Eltern, dann wird es nicht mehr so entspannt, aber das ist nicht so schlimm.

~~Mit dem Mädchen, von dem ich dir das letzte Mal erzählt habe, läuft es gut. Wir haben schon miteinander gesprochen – zwar nicht viel – aber immerhinque. Ich bin höllisch verliebt und hoffe, dass das was wird.~~

Mathelehrer schon klar? Meyer ist echt ein Kotzbrocken und völlig abgedreht, können wir Mathe nicht abwählen? Das geht doch in der Oberstufe?

Schatzschneider wird nie das Kaliber von Hrubesch haben, nie. Bin ich sicher.

Lieben Gruß Marcus."

Ich ging aufs Watt.

Sie lächelte mich an, ja. Das war nun klar; ich stockte und lächelte zurück.

Hey, du, wohnst du hier? Sie nahm ihre Sonnenbrille ab und stand auf. Sie warf ihre langen dunklen, braunen Haare zurück, ihr dunkler Teint zeigte keinen Sonnenbrand, sie legte ihr Buch auf den Liegestuhl, ihre Brille dazu: „Hey." Sie kam näher, immer näher.

Ihre unfassbare Schönheit, ja, sie hatte braune Augen, ihre Beine lang und schlank, makellos braun, ihre Bikini-Hose bedeckte knapp ihren Intimbereich.

Ich wachte auf – sie lag tatsächlich da und bräunte sich, die Sonnenbrille verdeckte das Spiel ihrer Augen. Und ich ging vorbei und sah ihre Schönheit, die ich nicht geträumt hatte, Sissy drückte aufs Tempo. NMS-SY 2, war der einzige Wagen, der immer da war, wenn sie auch da war, ich wollte umdrehen und... nein. Ich ging weiter.

Ich trat mit meinem Fuß in den Sand und als ich aus ihrer Sichtweite war noch mal. Drehte mich um, ob sie vielleicht mir nachkam. Aber warum sollte sie das machen? Ich ging zurück, aber nur zur Ecke, außerhalb ihres Blickfeldes, oh Mann.

Der Tag ging dahin – Sissy und ich spazierten auf dem Watt, die Sonne brannte und gedankenverloren schlenderte ich über Schlick, Sandbänke und Priele. Die Gezeiten änderten sich dergestalt, dass wir unsere liebgewordenen Gänge anpassten mussten, und es war somit immer schwieriger, bei Tiefebbe die ganze Weite des Watts auszunutzen.

Ich setze mich ins Watt, Sissy kam dazu und ihr nasser, sandiger Körper schmiegte sich an mich, sie merkte, dass es mir nicht so prickelnd ging. Sie drückte die Sandkörner, ihren warmen behaarten Körper an meinen, ich umarmte sie und musste ein wenig mit meiner Fassung ringen. Es wunderte mich, dass ein komplett empathiebefreiter, aufs Laufen fixierter Jagdhund sich an mich schmiegte – ich ahnte natürlich, dass sie meinen jämmerlichen Zustand wahrgenommen hatte, und sie nur nicht wusste, warum ich so niedergeschlagen war. Ich habe mich oft gefragt, ob das nicht Fiktion gewesen war, dass Sissy sich tatsächlich so verhalten hatte. Sie ging über

Tische und Bänke, quetschte sich durch Zäune, wenn sie Kaninchen sah, nahm Schürf- und Kratzwunden in Kauf und biss Zwingerzäune durch, um in Freiheit zu gelangen. Und dann, wenn der junge Mann nicht gut drauf war, dann war sie handzahm? Ja, es war so. Es war die Ökonomie eines schlauen Jagdhundes, der eben gemerkt hatte, dass sein Herrchen nicht mehr so funktionierte, dass sie den maximalen Vorteil daraus ziehen konnte. Sie tat es sicher nicht kognitiv, wohl aber instinktiv.

Freitagabend – Derrick. „Den schauen wir zusammen, nicht Marcus?" „Ja, klar, Tante Carla." Ich murmelte, nichts wäre schöner an einem Freitagabend als mit seiner – damals – 73-jährigen Tante einen ZDF-Krimi zu schauen, während da draußen sich die schönste Frau der Welt langweilte, die mich zumindest schon mal angelächelt hatte.

Derrick war – wie immer – komplett voraussehbar und trivial, zum Glück ging die Geschichte nur 60 Minuten, jede Sekunde mehr wäre zu viel gewesen, viel zu viel.

„Ich geh noch mal mit dem Hund raus", „ja, klar, Sissy freut sich". Sissys Zähne fingen an zu klappern, ich wollte mir noch einen Satz Drogen abgreifen, bevor ich losging, Carla saß aber direkt vor dem Schrank, dem Depot für Zigarren, Schlaftabletten und Schnaps, und schaute weiter fern. Sie war schon etwas schwerhörig, das war mein Vorteil. Mit der Vorgabe, ich wolle mir noch eine Zeitschrift aus dem Schrank holen, Carla stapelte bergeweise Reader´s Digest dort, griff ich zu den Tabletten, nahm mir eine, nein zwei raus, hatte mein leeres Marmeladenglas vorbereitet und goss etwas Schnaps hinein und entwendete zwei Zigarillos. „Hast du was gefunden?" „Ja, ich nehm mir zwei Magazine raus, die Rubriken „Lachen ist gesund", „Menschen wie du und ich" und „Testen Sie Ihren Wortschatz" finde ich am besten, sagte ich – ich hatte die Flasche Schnaps um die Hälfte geleert, die an dem Tag grad erneuert wurde – hoffentlich merkte sie nichts.

Sissy zog an der Leine, mein Glas mit Schnaps steckte ich in die Tasche meiner kurzen Hose, die Zigarillos in die andere, die Tabletten – zwei hatte ich dabei – hielt ich in der Hand.

Der Schnaps, kalkulierbar, die Zigarillos, ein Witz, der Burner waren die Schlaftabletten, bislang hatte ich nur eine genommen und hatte es nur knapp ins Bett geschafft, egal. Zeit für einen Rausch, Zeit für einen krassen Rausch, schieß dich einfach aus der Welt, nur für ein paar Stunden, morgen bin ich wieder für dich da, Welt! Nur für einen Scheiß-Moment, Mann.

***

Ich lief unseren Weg, ein Blick zum Ferienhaus, leer, alles dunkel, NMS-SY 2 auf dem Parkplatz, Sissy moderat unterwegs, sie war entspannt, es war einfach Sommer. Die Sonne ging langsam unter, der laue Wind blies in Richtung Insel, ein paar Kinder spielten mit ihren Eltern am Strand, die Strandläufer kreischten ihr Leid. Ich setzte mich auf eine Bank am Spielplatz, drapierte meinen Schnaps auf der Sitzfläche, zündete mir einen Zigarillo an, Sissy legte sich hin und schaute sehnsuchtsvoll in den Horizont. Ich nahm einen Schluck von diesem grausamen, lauwarmen Schnaps, ich würgte kurz, der Schnaps blieb drin und entfaltete seine Wirkung rasch, ein wohliges Gefühl durchzog mich. Ich hatte meinen Walkman vergessen – schade – aber die Ruhe, das leichte

Rauschen des Wassers, der Gesang der Vögel war Musik genug, es wurde leicht diesig.

Zweiter Schnaps, ich fuhr die erste Tablette ein. Es dauerte nicht lange, mein Kopf wurde leicht, ich nahm einen Schluck Bärenfang, würgte kurz, der Schnaps mischte sich mit der Tablette, mir wurde leicht schwindelig, ich drückte den Zigarillo aus. Ich fühlte mich leicht, die Nordseeluft mit meinen chemischen Verstärkern versetzten mich in ein Hochgefühl. Ich schloss die Augen, es drehte sich alles, öffnete sie wieder und sah die Schönheit des Wassers, die Lichter von Amrum begannen zu blinken. Ich schwebte, alles war so schwerelos und so easy, ich sah auf Sissy, ich liebte diesen Hund, der so ruhig dalag, obwohl seine Kraft und Energie ihn normalerweise woanders hintreiben wollte. An die Sinuskurve dachte ich nicht, spätestens am Morgen würde sie mich wieder einholen. Nein, die Kurve war mir egal.

„Hi".

Sie setzte sich ans andere Ende der Bank, warf ihr Haar zurück und sagte: „Hi, ich bin Catrin und du?" So nah war ich ihr bisher nicht gekommen, ihre braunen Augen funkelten, die makellose Bräune war wirklich makellos. Kein Foto auf einem Werbeplakat.

„Hi", ich schluckte, „hi", ich merkte, wie mein Mund trocken wurde, mein Magen sich zusammenzog. „Ich bin Marcus", ich umklammerte meine zweite Tablette, leichter Schweiß trat mir auf die Stirn. „Wie heißt der Hund?" „Sissy." „Ist ein Irish Setter oder?" „Ja, ein bisschen wild." „Das habe ich gesehen, wo kommst du denn her?" Sie lächelte mich an. Ich schluckte, das war jetzt ein Traum? Das lag an den Scheiß-Tabletten, oder?

„Jever, Friesland." „Da, wo das Bier herkommt?" „Ja, genau da." „Cool, ich komme aus Neumünster." „Ja, cool."

Sie rückte näher, Sissy auch. „Gehst du noch zur Schule?" „Ja, komme jetzt in die Elfte, und du?" „Ich glaube, ich mach die 10. noch zu Ende, dann mach ich eine Ausbildung, vielleicht." „Ja, cool." „Was trinkst du da?" „Ein bisschen Schnaps von meiner Tante, darf sie aber nicht wissen." „Gib mir einen Schluck!" Ihre schlanke Hand griff nach dem Marmeladenglas und sie nahm einen Schluck. Sie nippte an dem Glas und schüttelte sich kurz und sagte: „Lecker... na, ja, geht so." Sie warf ihr langes, dunkles Haar zurück und lächelte abermals.

„Willst du noch ein Bier trinken, ich hole eins oder zwei?" „Ja klar." Ich hatte bislang wenig Bier getrunken, mal ein Schluck bei meinem Vater. Schmeckte, na ja, lecker war´s nicht unbedingt. Mein Mund füllte sich wieder mit Speichel, mein Magen entkrampfte sich. „Bier mag ich gerne", versicherte ich ihr.

Sie ging los, es waren 200 Meter zu ihrer Wohnung, ich entspannte mich. Sissy merkte das und wurde etwas unruhig; sie lag nicht mehr so gelassen neben der Bank, sie fing an zu jaulen und ständig an der Leine zu zerren.

Ich glaubte das alles nicht... am liebsten hätte ich mich gekniffen oder wäre aufgestanden und ein paar Meter gegangen, wie nach einem aufreibenden Traum, um einen mentalen Reset durchzuführen: Sie ging jetzt los und holte Bier, um mit mir zu trinken? Ernsthaft?

Zum Glück hatte ich den Schnaps; mir wurde ein bisschen schwindelig, ich spielte kurz alle möglichen Varianten des Abends durch, mir wurde flau bei der einen oder anderen durchgespielten Situation. Sissy, du nervst, dachte ich mit Blick auf den Hund.

„Hier, mein Vater hatte noch einen 6er. Magste Flens?"
„Ja, klar mag ich Flens!" Was ist Flens? „Sissy ist jetzt echt
unruhig." „Ja, merk ich, Prost."
6er, Flens, das waren Begriffe, die mir fremd waren. Sechs
Flaschen Bier umwickelt mit Karton waren eben sechs
Flaschen Bier und nicht: „Ein 6er-Flens". Das klang sehr
souverän und ich merkte, dass sie nicht zum ersten Mal
einen „6er" trank und dass ich in meiner Naivität ihr um
Längen unterlegen war.
Sissy wurde unruhig, war es Eifersucht oder einfach nur
Langeweile?
„Prost." „Ich bring Sissy mal eben weg!" „Ja, mach das."
Ne, lieber doch nicht, was, wenn Carla Fragen stellte,
warum ich denn noch mal los wollte – so allein. Mit 17, ist
ja auch spät, warum guckste denn so komisch, was ist los
mit dir, ich glaube, morgen muss ich mal mit Mama
telefonieren, ne, jetzt ist Feierabend, du gehst nun
wirklich nicht mehr raus. Solche Fragen von ihr waren
zwar unwahrscheinlich, da es ihr ziemlich egal war, was
ich wo, wann und wie machte, aber ich ging auf Nummer
sicher. Die Möglichkeit, dass sie mir irgendein amouröses
Abenteuer schilderte – mit allen Details – war deutlich
wahrscheinlicher und konnte sich auch mal so eine
dreiviertel Stunde hinziehen. Oder eine Stunde.
Manchmal auch anderthalb.
Nein, danke, ich hatte es mir überlegt, der Hund, und vor
allem auch ich, mussten die Situation jetzt so aushalten,
da mussten wir durch.
„Ne, Sissy bleibt hier, Prost." Wir stießen an. Wir
unterhielten uns über Schule, Ausbildung, über Familie,
Hunde – sie hatten einen Hund, er wurde überfahren,
direkt vor der Haustür, eine hässliche Geschichte – , hast
du auch Geschwister, was macht dein Vater, Mutter, die

Schule, Freunde? Vielleicht wollte sie eine Ausbildung machen. Zur Bürokauffrau oder Bäckereifachverkäuferin, aber nicht so wirklich, Büro war schon besser, auf Schule hatte sie nicht mehr so richtig Bock, vielleicht auch was anderes, sie habe schon ein paar Bewerbungen geschrieben.

Ich erzählte ihr, dass ich einen schweren Blinddarmdurchbruch gehabt hatte, fast dabei hops gegangen wäre, und dass das überhaupt der Grund sei, warum ich hier wäre, zumindest allein. Normalerweise wären nur die 14 Tage drin gewesen, die ich mit meinen Eltern verbracht hätte. Ich erzählte von der OP, von meiner Narbe und von den beiden Schläuchen, die aus der Wunde hingen, damit der Eiter aus dem Bauchinnenraum ablaufen konnte. Sie hörte interessiert zu, es machte zumindest den Anschein, und sie war auch ein bisschen erschüttert in Anbetracht der schweren Krankheit. Ich zeigte unaufgefordert die Narbe, war natürlich ein bisschen stolz darauf und wusste nur zu gut, dass mir Mitleid gewiss war. Sie streckte ihren Arm aus und strich mit dem Zeigefinger den Verlauf der Narbe ab. Mein ganzer Körper bebte, ich schluckte, der Speichelfluss stockte wieder und Gänsehaut überzog die Hautoberfläche, sie nahm den Finger zurück und lächelte. Ihre Hände waren feingliedrig, ihre Nägel waren türkis lackiert, ihr Finger fühlte sich wie Seide an, wie der laue Sommerwind. Ihr Körpergeruch, eine Mischung aus Nordsee und leichtem Parfüm betörte mich zusätzlich, ihre Haare wehten sanft im Wind. Ich zog das T-Shirt schnell wieder über den Bauch, der Gänsehautanfall war mir etwas peinlich, obwohl es ein unglaublich schönes Gefühl war, das Streichen ihres Fingers spürte ich noch länger auf der Haut.

Sie rückte näher, ich rückte näher, das vierte Bier war auf; Sissy zitterte vor Kälte und wegen meiner Ignoranz, ich zitterte auch – vor Aufregung.

Sie hatte mittlerweile ein Sweatshirt übergezogen, ihre Haare häuften sich auf dem Kragen auf, sie zog die Beine auf die Bank und winkelte sie so an, dass ihr Kinn zwischen ihren Knien lag und lachte, irgendeinen Scherz hatte ich gemacht, der ihr gefiel.

„Na, du bist aber ganz schön schüchtern, was." Sie rückte noch näher und küsste mich, ich spürte ihre Zunge, ich erwiderte ihren Kuss, noch nie hatte mich ein Mädchen so geküsst, mein Herz pochte so laut, dass es das Murmeln des Watts zu übertönen schien, ich strich durch ihr samtenes, glattes Haar. Sie küsste mich erneut, mir schwanden die Sinne, die zweite Tablette fest in der Hand. Ich versuchte, meine Erregung zu verbergen, ich hatte nur eine Jogginghose an, es war mir sehr peinlich, sie blickte kurz darauf und sagte: „Gehen wir ein Stück?"

Sie nahm meine Hand, Sissy war froh aufzustehen, wir gingen ein paar Meter am Kliff entlang. Ich hielt ihre Hand so fest wie ich konnte, sie lächelte mich an. „Bist wirklich schüchtern", sie küsste mich abermals und meine Hand glitt unter ihr T-Shirt.

„Eins nach dem anderen", wehrte sie sanft meine Hand ab.

Weder das eine noch das andere wagte ich mir vorzustellen: Sie zu küssen berauschte mich schon so dermaßen, dass das andere meine Vorstellungskraft sprengte. Was ich aber deutlich spürte war, dass mich der Mix aus Bier, Tablette und Schnaps langsam betrunken machte.

Wir tranken das letzte Bier aus, ich schob mir die zweite Tablette ein und sie sagte, ich geh nach Hause, bringst du mich? Natürlich brachte ich sie nach Hause, auf den letzten Schritten schlug die Tablette sehr stark an, ich nahm sie und Sissy, meine Umwelt kaum noch wahr, hatte Probleme, das Gleichgewicht zu halten, sie lächelte das weg, ich merkte noch kurz ihren letzten Kuss, drumherum war alles etwas blechern und schrill. Sie sagte etwas zu mir, ich konnte sie nicht hören, nahm das Gesagte nicht mehr wahr. Ich schaffte es gerade noch nach Hause – ich sah nur die weißen Ränder der Augen von Sissy, die mich vorwurfsvoll anschauten. Halsband ab, ein Schritt ins Bett, das reichte nun, ich merkte nur noch, dass ich was verpasst hatte, was ich eigentlich nicht verpassen wollte. Dafür hatte ich einen exorbitanten Rausch, ich schlief ein, träumte nicht, träumte nicht den Traum, den ich gerade erlebt hatte. Mein letzter Gedanke war, ich hab ja noch 14 Tage Zeit, solang bin ich noch hier…

***

Ich wachte so auf, wie ich ins Bett gegangen war, nur die Schuhe hatte ich noch am Abend ausgezogen. Ich hatte enormes Kopfweh, meine Glieder schmerzten stark. War das alles nur ein Traum? Ich roch an meinem Pullover noch das zarte Parfum von Catrin – Catrin, so hieß sie doch. Ich erinnerte mich an den Abend, aus dem Wohnzimmer schallte die Erkennungsmelodie der Tagesschau – es musste schon 10 Uhr gewesen sein. Ich versuchte hochzukommen, mein bleischwerer Kopf drückte mich zurück aufs Bett; die letzten Erinnerungen schwirrten durch meinen Kopf: Strand, ich hielt ihre Hand, der laue Nordseewind blies uns ins Gesicht, ich erinnerte mich an ihren Kuss, er schmeckte nach Erdbeere, vielleicht auch eher nach Erdbeerbowle in

Anbetracht unseres Alkoholkonsums. Ich spürte noch ihre Berührungen, in kurzen Flashbacks sah ich ihren Mund, ihre Hand, fühlte ihre weichen Haare... Ich rekapitulierte den gestrigen Abend, merkte, dass ich völlig von der Rolle war, sie hatte was zu mir gesagt, woran ich mich nicht mehr erinnerte, sie schaute mich fragend an, das weiß ich noch.

„Marcus, bist du wach? Ich hab mein erstes Frühstück schon hinter mir. Kommst du, der Kaufmann hat frische Brötchen gebracht."

Der Tisch war wie immer aufwendig gedeckt – das blaue Zwiebelmuster-Geschirr, schwere Stofftuchdecken, eine große Kerze in der Mitte. Es duftete nach Kaffee, selbstgemachte Marmelade und frischer Aufschnitt standen auf dem Tisch. „Ich rauch schon eine, das stört dich doch nicht?" Die Antwort wartete sie nicht ab, normalerweise störte mich das auch nicht, aber heute Morgen schon, aber egal. „Ich hab dich gar nicht mehr gehört gestern Abend, warst du so lange mit Sissy weg?"

„Ja, wir sind noch nach Nieblum über den Strand gelaufen, da haben wir so ein bisschen die Zeit aus den Augen verloren", log ich. Carla erzählte einer ihrer zahllosen Herrengeschichten, diesmal war es ein Zahnarzt, der ihr schöne Augen gemacht hatte. Ich hörte nicht zu, das störte sie aber auch nicht, ab und an etwas lächeln, etwas Begeisterung zeigen, das reichte ihr schon. Sissy stand im Hundezwinger, den Carla beim Einzug hatte einrichten lassen, breitbeinig, und fixierte den Horizont soweit es ging. Man sah ihre Nase, die sich konzentriert dem Wind stellte und sich bewegte. Ich räumte den Tisch ab, abwaschen musste ich nicht. In meinen Kopf hämmerten die Reste von Honigschnaps, Bier und vor allem den Tabletten. Ich hatte das Gefühl, die Schmerzen wären so stark, dass man von außen das Pochen der Adern hätte sehen müssen.

Ich duschte, erleichterte mich unter starken Schmerzen, mein Kopf pochte bei jeder Bewegung; ich vollzog gedanklich den gestrigen Abend nach und malte mir jede Situation aus, die hätte passieren können. Neben meinem unerträglichen Kater hatte ich nur ein Problem, ich war verliebt und zwar sehr.

Ich sah aus dem kleinen Fenster, das Wetter war gut, wieder diesig, die Flut war da, das Wasser begann sogleich wieder abzufließen, was einen Gang auf dem Watt nicht möglich machte; Sissy bellte, ihren tiefen Bass hörte man um die Hausecke herum. Der Postwagen, ein Golf, brachte die Briefe in die Siedlung. „Oliver hat geschrieben." Tante Carla legte den Brief in mein Zimmer, bevor sie sich wieder aufs Sofa setzte, ihre Zeitung nahm, das Ostpreußenblatt, und sich in einen Artikel vertiefte.

Ich riss den Brief von Oliver auf, diesmal war kein Tape dabei. Er hinge viel mit den Jungs ab, sie spielten mal wieder Boule, beim Fußballplatz war ein Tor kaputt, sie hatten die Pfosten ausgewechselt, Carsten hatte noch einen alten 10 x 10 Balken im Garten. Antje hatte sich auch mal wieder sehen lassen, sonst alles beim Alten. Er war zweimal mit Anika draußen und dieses Jahr fuhren sie nicht mehr in den Urlaub. Und noch mal in die Berge, um zu wandern, hätte er auch keinen Bock. Hoffentlich könne er auch mal nach Föhr.

„Hi Oliver, der Pfosten war schon fertig, als ich fuhr. Weggegammelt. Boule habe ich auch lange nicht gespielt – hier sind echt gute Plätze, da könnte man gut ein paar Kugeln werfen.

Sissy hält mich ziemlich auf Trab, macht aber viel Spaß. Tante Carla ist cool – sie hatte mir eine Geschichte von einem Zahnarzt erzählt, muss ich dir unbedingt zu Hause von berichten.

Antje war mal wieder da..."

Mir fiel nichts mehr ein – eigentlich doch ganz viel, aber ich schrieb es nicht, meine Körper-Kondition war komplett gestört, zu einem die Reste aus meinem gestrigen Chemie-Alkohol-Cocktail, zum anderen machte mir mein Hormonhaushalt arge Schwierigkeiten, ich konnte an nichts anderes denken als an sie.

Ich ließ den Brief erst mal liegen. Ich stand auf.

„Sissy muss noch einmal raus, Marcus, gehst du gleich mit ihr?" „Ja, ich gehe sofort raus."

Sissi war schon ganz aufgeregt, wie eigentlich immer, wenn sie mich nur sah. Ich überlegte, wo ich langlaufen sollte. Das war nicht ganz einfach. Natürlich wollte ich sie wiedersehen, natürlich wollte ich auch an der Wohnung vorbeilaufen, um zu gucken, ob sie da war: einfach „Hallo" sagen, etwas plaudern und, wenn es sich ergab, noch etwas mehr... warum denn nicht? Nach dem gestrigen Abend doch nicht ungewöhnlich, oder? Aber ich hatte auch Angst. Angst davor, wie es weitergehen sollte, sollte es denn überhaupt weitergehen. Oder wie ging es überhaupt weiter? Hatte sie alles vergessen oder war ihr das peinlich? War sie schon betrunken, als sie sich gestern zu mir setzte? Wahrgenommen hatte ich nichts, aber vielleicht war sie ja trinkfest und man merkte es ihr nicht an? Unwahrscheinlich oder doch nicht? Warum machte ich mir darüber überhaupt Gedanken? Sie hatte mit mir geknutscht, das war doch deutlich? Oder? War ich zum Schluss peinlich? Oder, was noch schlimmer war, hatte ich mich danebenbenommen? An die letzte halbe Stunde erinnerte ich mich nur in Fragmenten. Hatte ich viel Quatsch erzählt, sie vielleicht sogar gegen ihren Willen angefasst, oh mein Gott. Fuck.

Föhr war damals eben eine richtige Familieninsel. Es gab eine Diskothek in der Nähe von Wyk, die den sagenhaften Namen „Erdbeerparadies" hatte.

Sonst gab es nichts. Nebenan war das Insel Café, kleiner Innenbereich, großer Außenbereich, wunderbarer Blick auf das Meer, gerade am Abend konnte man die Lichter auf Amrum sehen, die Tiere im Watt hören. Der Laden schloss um 21 Uhr oder war es 22 Uhr? Gefühlt war es 19 Uhr. Dort saßen Oma und Opa mit ihren Enkeln, später saß kaum jemand dort, man merkte dem Personal auch an, dass sie Feierabend haben wollten. Sie räumten den Außenbereich rechtzeitig ab, so dass kein Gast auf die Idee käme, dort ein Bier oder vielleicht ein paar mehr zu sich zu nehmen, nach dem Motto: Gäste, die gehen, sind mir die Liebsten. Das Personal bestand aus drei mittelalten Menschen, zwei Frauen und ein Mann. Man munkelte, jeder hätte mit jedem ein Verhältnis, ja, das war was für meine Tante. Homo- und Bisexualität, das waren Tabu - Themen, die sie gerne aufgriff, und das Publikum der 80er-Jahre – also meine Familie und ich – ultra-konservativ – quittierten dies erstaunlich gelassen, vermutlich waren sie im Laufe ihres Lebens schon oft damit konfrontiert worden. Leise sprach sie zu uns, mein Vater verdrehte die Augen, meine Mutter hörte nur zu und ich verstand nicht so wirklich. Aber genug, um beim nächsten Gang vorbei am Insel Café mal genauer hinzuschauen.

Unabhängig ihrer sexuellen Orientierung waren sie vor allem eines: katastrophale Gastgeber. Im Jahr drauf gönnten mein Bruder und ich uns einen Brombeerbecher. Klang richtig gut. Wir stellten uns Brombeeren vor, selbstgepflückt von Oma an langweiligen Nachmittagen in der Herbstsonne, dazu italienisches Eis und garniert mit etwas Sahne. Tatsächlich war es aber so: Wir bekamen Früchte aus dem Froster, die schon leicht angegoren waren, dazu Eis vom A&O Markt, lieblos in ein Cocktailglas geworfen. Und hätte es damals schon Sprühsahne gegeben, also Sprühsahne aus dem Supermarkt, wäre sie sicher auf diesem Eisbecher gelandet und hätte knapp den Weg von der Küche zum Gast überlebt, bevor sie zerflossen wäre. Der Eisbecher war ein Offenbarungseid für jeden Küchenmeister, ein Schlag ins Gesicht für jeden, der seinen Job zumindest so ein bisschen ernst nahm. 6 DM, mal 2. Dazu Trinkgeld für den immer leicht genervten Ober, der einem das Gefühl vermittelte: Geh, geh einfach schnell und lass dein Geld da – viel Geld am besten. Er wippte dabei mit seinem Fuß, schaute fast unbeteiligt in die Umgebung und ja nicht den Gast an, um seine Ungeduld zu unterstreichen, das Ganze schnell zu beenden.

Eine Gruppe von 17-jährigen, entdeckungsfreudigen Jugendlichen hätte sicher vieles gemacht, um sich zu amüsieren, nur eines nicht: sich ins Insel Café-zu setzen, um ein paar Drinks zu nehmen. Sie hätten im Verlauf des Abends vielleicht einen bekommen, für den zweiten hätten sie kämpfen müssen.

So gab es eben nichts auf der Insel. Catrin hatte ihren Vater, ihre Schwester, jeden Abend Karten spielen, war witzig. Mehr aber auch eben nicht.

Ich fragte mich, ob sie in Ermangelung irgendwelcher Ablenkungen auf mich zurückgegriffen hatte, ich war der Einzige, der in ihrem Alter in der Siedlung war, das hatte ich die letzten Tage selbst feststellen können.

Ich bog nicht ab, ich lief in ihre Richtung, ich wollte mich der Situation stellen, auch wenn ich den Status quo, also maximale Verliebtheit, gerne konservieren wollte, am besten für immer. Nichts sollte dazwischenkommen, schon gar nicht ein: „Hallo, ja war nett gestern, aber, du, das war doch nur Spaß! So, Kleiner, jetzt dampf einfach ab und spiele mit deiner irren Töle." Oder: „Wer bist du denn?" Oder: „Lass mich einfach in Ruhe, sonst rufe ich meinen Alten… oder die Bullen!"

Ich lief an der Wohnung vorbei, niemand da, kein SY 2 auf dem Parkplatz. Etwas erleichtert nahm ich die Situation wahr, keine Entscheidung, egal welcher Art, und lief beschwingt in Richtung Hundestrand, ich war noch immer euphorisiert, trotz der starken Kopfschmerzen.

Das Wasser war da, sehr zum Wohlgefallen aller Touristen, für mich eine Qual, da ich nun mit Sissy an der Leine über Land spazieren musste. Ständig huschte ein Hase, ein Kaninchen vorbei, da ein Dackel, großes Gebelle, tote Möwe hier, oh, ein Kuhfladen, den muss ich jetzt auch mal inspizieren; sie zog mich von einer Seite auf die andere.

Meine Euphorie wich langsam der Besorgnis, warum war sie nicht da? Warum, gottverdammt, war sie nicht da? Reg dich nicht auf, seit fast drei Wochen rennst du da jeden Tag dran vorbei, sie war öfter schon nicht da; vielleicht gehen die einfach mal einkaufen? Ja, aber, war gestern nicht was Besonderes, so dass sie auf mich warten würde? Ja vielleicht, aber die hat das nicht zum ersten Mal gemacht, das wirst du ja hoffentlich gestern gemerkt haben, und somit war für sie das nicht sooo etwas Besonderes, wie für dich. Das habe ich wohl gemerkt, also bin ich ihr egal? Das habe ich nicht gesagt, aber bewerte das jetzt nicht über. Sie ist einkaufen oder vielleicht macht sie auch einen Ausflug oder ist in Wyk und kauft sich eine gottverdammte Regenjacke.

Regenjacke kaufen, klar, es ist bestes Wetter. Oder einen Scheiß Bikini. Bikini? Hat sie nicht einen? Mann, du willst es nicht verstehen?

Ne, ich verstand es nicht. Wirklich nicht.

***

Ich lief zurück, immer noch alles dunkel, verdammt langer Regenjackeneinkauf, Sissy war super nervig, sie hatte nur 20 Prozent ihrer Laufleistung absolviert, weil wir nicht auf dem Watt laufen konnten. Sie riss an der Leine, ging um mich rum, wickelte mich ein, nein, ich will nach Hause. Das ist mir jetzt alles zu viel.

Ich betrat das Haus: „Tante Carla, ich hab Kopfschmerzen, ich leg mich eben hin."

„Ja, in Ordnung, in 2 Stunden gibt es Abendbrot, ich habe Heilbutt besorgt..."

Sissy versuchte, sich in mein Zimmer zu quetschen, ich drückte sie mit dem Knie leicht weg, dann etwas fester. Sie war draußen. Ich hörte, wie sie ein-, zweimal mit der Pfote an der Tür kratzte und dann aufgab. Ich setzte meinen Kopfhörer auf, warf mich aufs Bett und hörte *Farmer´s Trust* von *Pat Metheny*. Wer ein bisschen Liebesschmerz verstehen will, muss Farmer´s Trust hören – fand ich. Finde ich noch immer. Ich schlief ein.

Carla erzählte beim Abendbrot von Frau Eriksen, eine der wenigen Nicht-Einheimischen, die auch über den Winter auf Föhr verweilten und ihren ersten Wohnsitz – wie Tante Carla – auf diesem Eiland hatten. Für Urlauber ist die Insel ein Paradies und, je nach Gusto der Touristen, auch im Winter. Lange am Strand spazieren gehen, sich den Wind um die Nase wehen lassen und die raue Nordseeluft genießen und am Ende des Ganges einen heißen Kaffee in einem Café genießen. Das hatte schon was, auch im November, Dezember, Januar oder Februar. Dazu muss man wissen, dass die Kneipen-, Bar- und Cafékultur nicht annähernd so ausgeprägt war, wie sie heute ist. Es gab keinen Caffè Latte, Cappuccino, Caffè Crema, Lungo, Ristretto oder gar einen Caffè Doppio, die Milch war nicht laktosefrei. Es gab deutschen Filterkaffee und mit viel Glück auch einen Kaffee Hag, im Kännchen mit Dosenmilch, dazu Butterkuchen, Bienenstich, vielleicht einen Windbeutel oder eine Schillerlocke. So dürftig die Auswahl im Vergleich zu heutigen Zeiten an Getränken war – fair gehandelt, unbehandelt, nachhaltig, regional oder gar klimaneutral –, so dürftig war auch der Service: wenn geschlossen, dann geschlossen! Das Personal hielt sich sklavisch an die Kaffeezeiten, wie auch an die Öffnungszeiten. Gefrühstückt wurde am Morgen und nicht um 12 Uhr – und kein Mensch frühstückte um 12 Uhr, denn da war Mittagszeit. Das bekamen die Touristen nicht nur im Sommer zu spüren. Viele Geschäfte, Restaurants und Tante-Emma-Läden waren geschlossen. So konnte es passieren, dass nach einem langen Winterspaziergang nicht ein heißer Kaffee in einer Bar auf einen wartete, sondern in der Pension ein schwarzer Tee im Aufgussbeutel oder – wenn man vorgesorgt hatte – auch ein Pulverkaffee, aber nur wenn die Pension einen Wasserkocher oder einen Tauchsieder (de facto ein Hochsicherheitsrisiko für jeden Haushalt, denn unbeaufsichtigt konnte so ein Tauchsieder sehr schnell in Brand geraten), bereithielt. Somit überlegten viele potenzielle Touristen, ob es reizvoll wäre, im Winter auf die Insel zu fahren, wenn sie auch schon oftmals wetterseitig vom Sommer sehr enttäuscht worden waren. Es war im Winter wie ausgestorben, der Großteil der Wohnungen stand leer, die Geschäfte geschlossen, die Toiletten am Strand verschlossen, die Straßen und Wege verwaist. Die Fährverbindungen waren auf ein Minimum zusammengestrichen, die Buslinien fuhren nur die notwendigsten Strecken.

In Wyk hatte das ein oder andere Etablissement geöffnet, irgendwo mussten die Einheimischen ja einkaufen. Abends ein Bier trinken war möglich, zumindest in Wyk, man musste suchen und fand dann nach Detektivarbeit etwas. Da saßen vornehmlich die Einheimischen zusammen und wenn sich die Tür öffnete, verstummte die Runde kurz und blickte in Richtung Eingang. Die erste Überraschung bei den Insulanern über diesen Übergriff in ihre Welt löste sich zwar rasch auf, und sie gingen wieder zu ihren zuvor geführten Gesprächen über, aber ein richtiges Willkommensgefühl stellte sich bei den Gästen nicht ein.

Der Winter war für die Insulaner eine Art Winterschlaf, für Touristen eine Art Bewährungsprobe, ob man diese Insel wirklich liebte und für Zugereiste, die sich niedergelassen hatten, ein Alptraum – ein besonderer Alptraum für alleinstehende Damen, die noch erschwerend aus den ehemaligen Ostgebieten kamen.

Fielen sie schon unter normalen Umständen etwas aus der Reihe aller gesellschaftlichen Konventionen in Anbetracht ihrer Kleidung, ihres Habitus, ihrer Aussprache und mit dem, was sie so erzählten, so war es auf der Insel, die in den 80ern nicht annähernd touristisch so erschlossen war wie heute, noch schlimmer.

Frau Eriksen war so eine, meine Tante auch. Sie saßen in ihrem Ex-Ferienhaus – mit den Resten ihrer Existenz nach dem Krieg erworben – und wollten es sich nach zwei Weltkriegen, einen als Kind am Rande erlebt, den anderen mit voller Wucht am eigenen Leib, so richtig gut gehen lassen. Sie genossen den Trubel im Sommer, die neidvollen Blicke der Touristen und ertrugen den trübsinnigen Winter mit Fassung, denn der Sommer stand vor der Tür.

„Frau Eriksen", so Tante Carla, „wird auch immer tüdeliger." Frau Eriksen war klein, war immer exklusiv gekleidet, spielte mal Golf und hielt sich als Deko einen kleinen Chihuahua, ein grausam kleiner Hund, auf den man leicht beim Staubsaugen treten konnte, wenn man nicht aufpasste. „Sie hat das letzte Mal, als ich sie traf, den getrockneten Hundekot aufgegessen, weil sie dachte, es sei Konfekt", Carla legte die eine Hand auf mein Knie, die andere vor Entsetzen auf ihren Mund. „Wie entsetzlich", sagte ich, doch meine Gedanken schweiften ab, während Tante Carla ohne Unterlass weiterredete. Ein „Ja" und „Oh mein Gott" von mir mit entsprechenden Pausen eingestreut, gaben ihr das Gefühl, ich würde zuhören. Ich hörte aber nicht mehr zu.
Immer wieder und wieder kreisten meine Gedanken um Catrin, um den gestrigen Abend, ihren Kuss, die Luft, den milden Abend. Ihre Haut, ihre Haare, ihr Lächeln, ihre braunen Augen, ihre Hände... Nein, nicht immer wieder und immer wieder, nein, eigentlich nur. Ich hatte ihren Geruch noch in der Nase, spürte noch ihre glatten, samtigen Haare auf meinen Händen, ihren Parfümduft vom Morgen, der am Abend nur leicht verblasst seine Wirkung verströmte, den leichten Salzgeschmack an

ihren Lippen, ihre kleinen Ohren und das Zurückwerfen ihrer Haare, wenn sie lachte, mein Magen verkrampfte sich...

„Und sie fährt noch Auto, oh mein Gott, sie kann doch kaum noch sehen...“

Tante Carla bat mich, mit aufzuräumen, den Tisch abzudecken; meine Hundedame lungerte schon ungeduldig am Hauseingang in der Hoffnung, bald den Abendspaziergang anzutreten. Wenigstens eine, die mich liebt, dachte ich mit Blick auf Sissy, die schmachtend im Korridor saß. Wenigstens eine...

Iris

In der Oberstufe wurden die Klassenverbände aufgelöst und ein Kurssystem eingeführt, trotz begrenzter Talente in den mathematisch-naturwissenschaftlichen Fächern zwang mich das System, als Leistungskurs Biologie zu nehmen. Ein Fleißfach, was mir ebenfalls nicht entgegenkam, aber – bei einem richtigen Lehrer – eine lösbare Aufgabe.

Das Entscheidende war, dass der Lehrer als Zweitfach nicht Chemie hatte, denn das konnte dazu führen, dass der Biounterricht schwerpunktmäßig aus Chemie, also Biochemie bestand. Das gefürchtete Lehrer-Duo in dem Bereich war das Ehepaar Frenzel, in Chemie beendeten sie schon in der Mittelstufe so manch hoffnungsvolle Schulkarriere. Repetieren der letzten Stunde, lose eingestreute Tests sowie Vorurteile ob der Leistungsfähigkeit mancher Schüler waren die eher harmlosen Instrumente, gefürchtet waren ihre Klausuren, die auch mal Dinge abfragten, die nicht oder nur marginal behandelt worden waren, dazu kam ein Unterricht, der wie eine Vorlesung gestaltet war und in dem jede

Müdigkeitserscheinung messerscharf analysiert wurde und umgehend eine Frage zum gerade behandelten Thema nach sich zog. Fürwahr, die 90 Minuten Chemie waren eine Folter, man konnte sich weder hinter leistungsstarken Schülern verstecken, noch konnte man Sympathiepunkte sammeln, denn für das Lehrerpaar Frenzel waren alle Schüler erst mal Vollidioten. Egal ob weiblich oder männlich, egal ob die Eltern Rechtsanwälte oder Tagediebe waren, ob er oder sie aus Ghana emigriert waren oder aus dem Oberammergau oder aus dem Sauerland kamen. Entscheidend war eher, ob die Vornote eine 1 war, während Schüler, die eine 4 oder 5 hatten, in die Schublade „hat's eh nicht drauf" gesteckt wurden.

Es war in der Mittelstufe unser erster Kurs, so konnte eine schwache Vorleistung das Duo Frenzel nicht beeinflussen, wohl aber ein Blick auf die anderen Noten... Ein dürftiges Bild in Physik, Mathe oder Bio ließ Frenzel & Frenzel nur eines vermuten: der/die hat's nicht drauf. Das Schlimme war, meist bestätigte sich der Eindruck auch.

Die Chancen standen bei 50 Prozent, zu einem Wiehler, der Bio/Deutsch, zum anderen Buchner oder Frenzel & Frenzel, die Bio/Chemie unterrichteten. Ich hatte Glück, ich wurde Wiehler zugeordnet, obwohl Glück auch nicht das richtige Wort war. So hatte ich in der Hochphase meiner Antihaltung die ein oder andere Auseinandersetzung mit Wiehler und meine Leistungen in Deutsch waren nicht überragend, ich erinnere mich an meine 5 in der Arbeit über Michael Kohlhaas. Das Buch ist komplett an mir vorbeigegangen, der Stil von Kleist liegt halt nicht jedem: Gleichen Schmerz empfunden, wenn es ein Paar Hunde gegolten hätte… der einzige Fall, in welchem seine von der Welt wohlerzogene Seele, auf nichts das ihrem Gefühl völlig entsprach gefasst... mitten durch den Schmerz, die Welt in einer so ungeheuren Unordnung zu erblicken... zuckte die innerliche Zufriedenheit empor, seine eigne Brust nunmehr in Ordnung zu sehen. Brillant, ohne Zweifel, aber für einen 16-Jährigen in kompletter Disharmonie mit sich selbst und seiner Umwelt nicht die richtige Literatur.

Der Bio-Leistungskurs begann nach den Sommerferien, der Klassenverband wurde nach der 11. Klasse aufgelöst und die Kurse neu gemischt.

Die Zeit nach den langen Ferien war immer etwas Besonderes, gerade in dem Alter. Die ersten Jungs hatten einen Bart, die Mädchen wurden immer weiblicher und wuchsen zu jungen Frauen heran. Manche machten große Reisen ins damals fremde Ausland, Spanien, Frankreich, Portugal, Länder, die sich damals von der Lebenswelt in Westdeutschland so unterschieden, wie heute noch Russland oder Asien: fremde Zeitungen, unterschiedliche Währungen, einhergehend mit Umtauschaktionen bei der örtlichen Bank, Geschäfte, Kultur und Umgangsformen, nichts war so wie in Deutschland. Nichts glich der Einförmigkeit der heutigen Innenstädte, die gleichen Ketten, die ihre gleichen Waren anbieten, in Südspanien konnte man fast ausschließlich spanische Produkte bekommen, selten lagen deutsche Zeitungen aus oder konnten gar deutsche Sender empfangen werden.

Die Kurse wurden neu gemischt; das war mein Vorteil, denn niemand im Kurs hatte meinen hartnäckigen Antikurs gegen das Leben in der Klasse 9 und 10 mitbekommen. Ich kam zu spät, somit waren alle Plätze schon belegt und ich konnte meiner Angewohnheit, in die vorletzte Reihe zu gehen, nicht nachkommen.

Ich setzte mich neben Iris, ein Mädchen, das ich nicht kannte und auch nie wahrgenommen hatte, weder auf dem Schulhof, noch am Fahrradstand oder an der Bushaltestelle. Das wunderte mich, denn Iris war sehr hübsch, sie hatte lange, lockige, blonde Haare, war humorvoll und intelligent. Sie war fleißig und sehr gewissenhaft, also das genaue Gegenteil von mir. Ich genoss ihre Anwesenheit sehr. Ich riss mich zusammen und zeigte mich von der besten Seite, war witzig, ein bisschen bissig, aber nicht zu sehr, achtete immer darauf, gut zu riechen und immer, wenn Bio in der ersten Stunde stattfand, lange zu duschen, was meinem Vater überhaupt nicht gefiel, da er stets die Wasser- und Gasrechnung im Blick hatte. Wir hatten eine nette Zeit im Biounterricht und es machte den Unterricht auch deutlich erträglicher, eine hübsche, charmante und schlaue Sitznachbarin zu haben. Von meinen Freunden wurden diese Aktivitäten sehr kritisch beäugt, da alle ohne Begleiterin oder Freundin waren, und diese Entwicklung meinerseits unser Freizeitverhalten nachhaltig beeinflussen könnte.

Eines Nachmittags, es war ein freundlicher Herbstnachmittag, die Sonne schien durch das verfärbte Laub im Schlossgarten, wir hatten 14-tägig am Nachmittag Biounterricht, fragte mich Iris, ob ich denn nicht mal Lust hätte, auf einen Tee bei ihr vorbeizukommen, das wäre doch sehr nett. Ohne Bio und so. Natürlich traf mich diese Frage völlig unvorbereitet, noch nie hatte mich ein Mädchen, zumindest nicht so ein hübsches, charmantes und schlaues Mädchen, nach einem Date gefragt. Ich merkte, wie mir flau im Magen wurde, für mich kam die Frage aus heiterem Himmel, es widersprach meiner Vorstellungskraft, dass ein Mädchen wie sie mich so etwas fragte.

„Ja, gerne." „Wann? Morgen? Heute ist es ein bisschen schlecht, weil ich so spät zu Hause bin und noch zum Volleyball muss."

„Ja, morgen, ich muss mal schauen, ob ich nichts vorhabe, ja, ich glaube, das passt."

Natürlich hatte ich nichts vor, was auch? Hausaufgaben erledigte ich zumeist ab 22 Uhr, mit den Jungs Fußball spielen oder einfach nur rumlungern, vielleicht auch eine Partie Boule. Mehr stand zumeist nicht auf dem Plan. Selbst wenn ich fehlen würde, das würde nichts ausmachen, es waren immer genug Spieler da. Also. Natürlich hatte ich nie wirklich was vor. Alles, was ich vorhatte, ergab sich im Laufe des Tages. Irgendwie. Irgendwas.

„Okay, sag mir morgen Bescheid, ich freu mich."

Natürlich habe ich es nicht gecheckt, dass Iris mich so nett fand, dass sie mich einladen wollte. Zum Tee. Okay. Logisch, habe ich instinktiv gemerkt, dass es nicht beim Tee bleiben sollte, aber so richtig klar war mir das nicht. Wahrscheinlich habe ich wirklich geglaubt, dass sie mit mir Tee trinken wollte. Sie wohnte in Sande, so knapp 10 Kilometer, vielleicht etwas weniger, ca. 30 Minuten mit dem Fahrrad, entfernt.

Zwei Hindernisse mussten überwunden werden: meine Freunde und meine Mutter. Meine Freunde waren nicht so das Problem, notfalls log ich sie an: „Muss mit zum Arzt nach Wilhelmshaven". „Muss im Garten was machen". Beides sehr durchsichtige Lügen, da man den Wahrheitsgehalt relativ flott mit einem Blick über den Zaun oder auf den Parkplatz verifizieren konnte. Egal, da fällt mir schon was ein, aber was?

Meine Mutter war da schon das größere Problem: „Mama, ich fahr nach Sande, zu Iris, auf einen Tee! Iris ist ein total nettes Mädchen aus meinem Bio-LK!"

„Okay, Marcus, ich wünsche dir viel Spaß. Und pass auf, wenn du weißt, was ich meine!"

Träum weiter.

Meine Mutter fand Mädchen toll, klar, aber nur, wenn sie nicht in Sichtweite ihrer Söhne kamen.

„Du musst das Abitur schaffen, da gibt es nix. Da hast du keine Zeit für andere Sachen!"

„Im Garten ist so viel zu tun und Monsieur fährt zu einem Mädchen, nein, vergiss es!"

„Mir geht es heute nicht so gut, musst du dann gerade jetzt hinfahren?"

„Hast du mal einen Blick auf dein Zeugnis aus der 10. Klasse geworfen? Soll das wieder so werden?"

Im schlimmsten Fall könnte die Situation zu einem echten Drama auswachsen, dahingehend dass der lüsterne Sohn sich in Sande vergnügt, während die arme Mutter sich unter den Plagen des Alltages müht, die Familie zu ernähren und sich eine Herztablette nach der anderen einfährt, um einen zeitnahen Tod, induziert durch das lasterhafte Verhalten ihres verantwortungslosen Sohnes, vorzubeugen.

Mir fiel nicht ein, wie ich meiner Mutter plausibel erklären konnte, dass ich zu Iris fahren würde, ich überlegte den ganzen Nachmittag und Abend, während ich mich an Iris Einladung berauschte, vor allem an der Vorstellung, dass sie tatsächlich nicht nur mit mir ihre neueste Teesorte ausprobieren wollte.

Aber für Mamas zeitnahen Tod, den ich durch meinen Besuch in Sande herbeigeführt hatte, wollte ich auch nicht verantwortlich sein...

Am Folgetag in der Schule, sollte ich ihr Bescheid geben, wir hatten kein Bio, also müsste ich sie suchen, was eigentlich auf dem kleinen Oberstufenschulhof nicht schwer war. Ich entschied mich aber für ein Modell, das sich auch in der hohen Politik etabliert hatte, ich saß oder besser gesagt, ich stand es aus. Morgen ist auch noch ein Tag...

Die Woche drauf, Bio stand auf dem Stundenplan, sprach sie nicht mehr von einem Tee, eine weitere Woche drauf lief sie Hand-in-Hand mit einem Mitschüler über den Hof und an der Innigkeit ihres Umganges konnte ich deutlich sehen, dass es nicht beim Tee geblieben war. Ich tröstete mich damit, dass ich das Leben meiner Mutter gerettet hatte. Nein, das tat ich nicht, ich schluckte kurz, wand mich zu meinen Freunden und schluckte noch mal, sicher auch ein drittes Mal.., steckte mir eine Zigarette an und haute einen Spruch raus, alle lachten. Ich nicht.

***

Ich schnappte mir Sissy, die schon ungeduldig an der Tür wartete. Ich hatte mir vorgenommen, an der Haustür zu klopfen und nach Catrin zu fragen, für meine Verhältnisse schon sehr mutig. Der Weg zu ihr dauerte ca. drei Minuten, ging durch die Feriensiedlung in einen kleinen Pfad rein, am Insel Café vorbei. Ich wollte sie einfach fragen, ob sie Lust hätte, mit mir und dem Hund eine Runde zu drehen. Das Wetter war sehr schön, etwas schwül, und die Nordseeluft erfüllte die ganze Siedlung. Jeder Schritt wurde schwerer, mein Mund war trocken, mein Herz klopfte. Ich wollte es nicht versauen und verzichtete auch auf meine Dosis Tabletten und Alkohol, um einen komplett klaren Kopf zu behalten. Je näher ich ihr kam, umso mehr vermisste ich die enthemmende Wirkung. Bekam ich überhaupt einen Satz heraus oder würde ich etwas zusammenstammeln? Ich sprach zu mir selbst und beschwörte mich, doch einmal etwas Mut zu haben, Sissy schaute mich fragend an, sie zog auch nicht so sehr an der Leine wie sonst, sie merkte offenbar, wie emotional ich aufgewühlt war.

Noch konnte ich umdrehen.

Das Haus war dunkel, auf dem Parkplatz: NF-KL 20, NMS-SY 2, K-BH 2567.

Ich versicherte mich, ob jemand da war, nein. Ich lief, soweit es ging um das Haus, nein, es war niemand zu Hause.

Das Meer war da, ich legte mich mit der Jeans rein, das Wasser zog langsam hoch, Sissy schleckte in den Restpfützen, immer wieder, als wenn sie nicht wüsste, dass es salzig war.

Sie bemerkte meinen Zustand und setze sich unbeholfen mit ihren langen, feuchten Beinen auf meinen Schoß, ihre warme Zunge glitt rau über mein Gesicht. Ich umarmte sie. Fest. Obwohl sie nass war und voller Schlick.

Ich hätte so gerne jetzt ein wenig Alkohol gehabt, weil ich ahnte, das was vorbei war, bevor es angefangen hatte.

Ich legte mich in den Sand, Sissy schleckte abermals mein Gesicht, dieser verrückte Hund, merkte immer, wann ich von der Rolle war.

Langsam brach die Dunkelheit herein, Sissy wurde wegen meiner Untätigkeit nervös, zu viel Verständnis war nun auch nicht ihre Sache, ich ging zurück zum Haus, Carla schaute fern, ich rief ihr zu, „ich hab was vergessen". Ich holte eine Flasche Wein aus dem Schuppen, eine Rohypnol aus dem Schrank hatte ich schon versteckt und ging zurück zum Strand. Ich nahm die Tablette auf dem Weg dahin im Laufen ein. Den Wein öffnete ich mit einem Schraubenzieher, indem ich den Korken in die Flasche drückte. Ich trank hastig, die Tablette wirkte zuverlässig schnell, alles drehte sich, die Flasche, nachdem ich sie geleert hatte, warf ich in hohem Bogen ins Gebüsch, schnippte den Zigarillo weg und lächelte. Ich warf mich in die Dünen, Sissy rollte sich neben mir ein, merkte, dass mit mir heute nichts los war.

Es muss ein Uhr gewesen sein, ich hatte einen höllischen Kater, die Leine vom Hund hatte ich in der Hand, sie zitterte wie Espenlaub, wie ich auch, wie die Pappeln, durch die ein leichter Wind trieb. Sissy schaute mich erwartungsvoll an: Wann geht es nach Hause, so viel „draußen" musste auch nicht sein.

Ich schämte mich, hatte ich in kurzer Zeit eine Flasche Wein getrunken und eine Tablette genommen, war eingeschlafen und konnte von Glück reden, dass der Hund sich nicht losgerissen hatte, und niemand meinen Auftritt am Strand mitbekommen hatte.

Carla hatte die Tür aufgelassen, Sissy und ich traten ein, ich plumpste auf mein Bett, Sissy verzog sich auf ihr Lager. Ich sah nur kurz Catrin vor mir, ihre dunklen Haare, ihre Augen, ihr Lächeln, ihren Po, spürte ihre Zunge, roch ihr Parfüm, fühlte ihre Haare; ich schlief ein… und träumte: von ihr. Nur von ihr.

„Morgen kommen Papa und Mama, holst du sie ab?"

„Ja."

Mir ging es total schlecht, hatte keinen Appetit, mein Schädel brummte, die Nachwirkungen der Tablette waren kalter Schweiß, Schwindelgefühl und psychische Abgeschlagenheit, ich fühlte mich wie eine Reiswaffel, trocken, gehaltlos, wie ein Fußballspieler nach einem 0-5 zu Hause gegen den Tabellenletzten.

Sissy lag in meinem Bett, was sie sonst nicht tat, sie merkte wohl, dass ich momentan nicht die Kraft hatte, sie in ihre Schranken zu weisen, oder sie wollte mich trösten. Der Sand aus ihrem Fell lag auf dem weißen Laken, verteilt in den Ausbuchtungen der Falten, sie streckte sich und gähnte, ihr Mundgeruch nach verwestem Fleisch und Fisch erfüllte meine unmittelbare Umgebung. Auch wenn sie das halbe Bett einnahm, ihre Nähe half mir, etwas über den gestrigen Abend hinwegzukommen. Ein bisschen.

Frühstück, Tante Carla fuhr auf wie immer, frische Brötchen, Marmelade, Wurst, Käse, sie rauchte ihren Zigarillo. Ich quälte – rein aus Höflichkeit –ein Brötchen in mich hinein.

Nach dem Frühstück ging ich in Richtung Catrin, vielleicht ist sie noch da, diesmal fasse ich mir ein Herz und spreche sie direkt an, notfalls auch ihren Papa oder ihre Schwester oder beide.

Ich sah Papa Catrin aus dem weißen Bulli NMS-SY 2 aussteigen, mehr nicht. Ich sprach ihn auch nicht an, nein, warum auch. Ich stand vor ihm, sagte kurz „Moin", er sagte „Moin".

Mehr auch nicht. „Wo ist deine Tochter?" „Also, ich würde, könnte und hätte..." Stattdessen kam: Nichts. „Moin." Und ich ging weiter. Einfach weiter.

***

Ich strich über meine Narbe, sie war schon gut verheilt, Catrin hatte sie kurz berührt. Ich lag im Garten auf dem Rasen, Sissy war im Haus. Ich hatte zwei Boxen an meinen Walkman angeschlossen und hörte *Marvin Gaye, Let´s get it on,* zum x-ten Male, *All we can do is we can both try to be happy,* ein bisschen Selbstmitleid tat ganz gut. Sie war nur weg am Abend, vielleicht mit ihrer Mutter und Schwester, der Alte wollte einfach mal seine Ruhe haben. Oder so.

***

Papa fuhr mit seinem dicken Commodore, den wir uns nicht leisten konnten, vor Tante Carlas Haus, Mama saß auf den Beifahrersitz, leicht genervt, von irgendwas, aber auch froh, aus dem Alltagsmist in Friesland rauszukommen. Anika, unser schwarzer Cockerspaniel, sprang aus dem Auto, machte einen See und stürzte sich sodann auf Carla, da aus der geöffneten Haustür schon der Geruch von gebratenem Hähnchen, Rotkohl und schwerer Sahnesoße strömte. Sissy nutzte die Gelegenheit und versuchte, mit der Schnauze die Tür aufzudrücken, um mit einem Satz über den Zaun zu hüpfen, was ich mit einem gezielten Hechtsprung in ihre Richtung verhinderte.

„Tötchen, schön, dass ihr da seid", rief Carla aus dem Hauseingang.

„Mein Lütti", meine Mutter umarmte mich, während mein Vater den ersten Krempel aus dem Wagen ins Haus schleppte. Zumeist waren es Sachen aus dem Garten, Kartoffeln, Bohnen, Äpfel, alles was wir sonst in den 14 Tagen verzehrt hätten, wenn wir zu Hause gewesen wären. Wir hatten ein ziemlich großes Grundstück, so um die 2000 m2 und mein Vater kümmerte sich nach Feierabend und am Wochenende ausschließlich um den Nutzgarten. Ausschließlich bedeutete wirklich ausschließlich: Nach der Arbeit zog er sich um, arbeitete, kam zum Abendessen und arbeitete solange weiter, bis es dunkel war.

Das Gepäck blieb im Auto, da wir alle in eine nahegelegene Ferienwohnung zogen, damit Carla wieder in ihr Schlafzimmer ziehen konnte, was ich blockiert hatte.

Aber erst einmal gab es Mittagessen, gewohnt deftig, mit viel Sahne und Butter – ja, alle drei hatten unter der vollen Wucht des Krieges gelitten, alle hatten mehr oder weniger gehungert, meine Tante und mein Vater mehr, allein schon dadurch, dass sie Jahrgang 1908 und 1913 waren. Die Flucht aus Ostpreußen, der Krieg in Russland und damit einhergehend Hunger und Elend hatten sie gelehrt, stets fett zu essen, um für schlimme Zeiten gerüstet zu sein. Unser Nachbar in Friesland, aus Schlesien, ähnliches Geburtsjahr und ebenfalls ein Kind des 1000-jährigen Reiches, lagerte bis Mitte der 80er-Jahre, also bis zu seinem Tod, kartonweise Handseife, Paletten mit Dosengemüse oder gepökeltem Fleisch im Keller. Wow, dachte ich damals, als seine Frau mir die zehn Großmarkt-Kartons der Seife Irischer Frühling zeigte.

Tante Carla war in der Beziehung – aber nur in dieser einen Sache – wenig kompromissbereit. Essen wurde – egal in welcher Form – nicht weggeschmissen oder übriggelassen. Alle Reste kamen in Zweit- oder Drittverwertung, ich kannte das von zu Hause, ich hatte es mit der Muttermilch aufgesogen. Und alle anderen Sachen, die man niemandem mehr zumuten konnte, kamen in die Näpfe der Hunde.

Das gemeinsame Mittagessen war entspannt, es wurde lange gegessen, die Geschwister plauderten, frotzelten, die Hunde lungerten am Tisch, um was Essbares abzugreifen, Sissy roch stark nach Nordseeschlick, sie hatte sich am Tag zuvor auf einer toten Möwe gewälzt.

Natürlich war ich ziemlich unruhig, ich wollte dringend einen Spaziergang machen, einen Blick auf Catrins Ferienwohnung werfen, schauen, ob sie da war.

Sie anzusprechen wäre heute etwas schwieriger, ich war ja nun eingeschränkt in meiner Freiheit, da meine Familie mich von nun an begleiteten würde. Sie würden mitkommen wollen, der erste Abend bei der Tante gehörte dem gemeinsamen Rommé-Spiel, dazu tranken meine Eltern etwas Bier oder Wein, manchmal auch schärfere Sachen unter den Argusaugen meiner Tante, die es nicht schätzte, wenn ihr Bruder sich mit seiner Frau betrank. Sie entwickelten ein System, es zu verheimlichen: Sie versteckten eine Flasche Cognac im Flur und mixten ihren Drink dort, was Carla nie merkte, sie war einfach zu viel mit sich selbst beschäftigt und konnte sich unmöglich vorstellen, dass ihr Tötchen sie derart hintergehen würde.

Nach dem Mittag raffte ich meine Klamotten zusammen und brachte sie in unseren Opel, Sissy war sehr enttäuscht, dass ich nicht mit ihr ging. Meine Eltern fragten, wie es mir in der Zeit ergangen war und ich erwiderte wahrheitsgemäß, dass es eine tolle und schöne Zeit gewesen war. Ja, es war eine wirklich unfassbar schöne Zeit, so viel Freiheit hatte ich bislang noch nie erlebt, dazu die wunderbare Umgebung und natürlich die Krönung, meine Begegnung mit Catrin, die ich ja sicher wiedersehen würde, und ich überlegte mir schon jetzt eine Strategie, wie ich diese Liaison – vor allem meiner Mutter gegenüber – verheimlichen konnte, denn ich wusste: „Erst das Abitur, dann…"

Die Ferienwohnung war nett, eine Souterrain-Wohnung, von der Terrasse aus blickte man auf den Aushub – mittlerweile mit Gras bewachsen – der notwendig war, um den Eingang zur Wohnung zu ermöglichen. Klar, sie konnten sich keine große Wohnung mit Blick aufs Meer leisten, schon diese Wohnung sprengte ihr Jahresbudget für die Ferien um ein Vielfaches.

Ich bekam das Wohnzimmer, Schlafcouch mit direktem Zugang zum Garten, meine Eltern hatten das Schlafzimmer, einen ehemaligen Kellerraum mit kleinen Fenstern. Die Wohnung war nicht weit von Carlas Haus entfernt, zu Fuß vielleicht eine Viertelstunde.

Wir saßen auf der Terrasse, Mama und Papa genehmigten sich ihren ersten Drink, und ich ging kurz um das Gelände, damit Anika ihre Notdurft verrichten konnte. Sie waren glücklich.

Zu Fuß gingen wir zurück, am Strand entlang, auch den Weg, auf dem ich Catrin zum ersten Mal so nahe war. Zwangsläufig mussten wir auch an ihrem Haus vorbei, meine Eltern kannten den Weg von unserem letzten Aufenthalt im Winter.

Catrin würde mich nun in Begleitung sehen mit Eltern und einem kleinen, etwas pummeligen Cockerspaniel und nicht mehr allein mit einem hyper-dynamischen Setter.

Als wir auf den Parkplatz zugingen, sah ich schon von Weitem, dass der weiße Bulli da war. Wenn sie nicht gerade unterwegs waren, mussten sie da sein, sie mussten.

Ich schlug noch vor, außen rumzulaufen, was meine Eltern nicht wollten, auch nicht, dass ich mit Sissy noch eine Runde drehen könnte. Eigentlich wollte ich den Gang bei Catrin vorbei irgendwie vermeiden, nicht weil ich mich meiner Eltern schämte, sondern weil ich mich auf die Situation besser vorbereiten wollte.

Wir gingen am Haus vorbei, der Vater saß draußen, trank eine Flasche Bier und löste offenbar Kreuzworträtsel. Er blickte nicht auf, er war es ja gewohnt, dass ständig Menschen an seinem Haus vorbeigingen. Er trug wie immer seine Prinz-Heinrich-Mütze und Unterhemd, sein dicker Bauch drückte gegen den Tisch. Ich analysierte die Situation in den sieben bis acht Sekunden, die wir dort vorbeigingen und musste feststellen: kein Bikini hing auf der Wäscheleine, keine Bast-Strandmatten lehnten gegen die Holzwand der Terrasse und die Beachball-Schläger lagen ebenfalls nicht auf dem Rasen verteilt, wie es sonst der Fall war.

Klar, Wyk hat den schöneren Strand, da war auch mehr los, es gab auch ein bisschen Wellengang, in Goting plätscherte das Wasser so ein bisschen vor sich hin, weil Amrum genau davorlag und es war maximal brusttief, ideal für Kinder und Familien – eher nicht geeignet für Jugendliche, die Aufregendes erleben wollten. Somit lag es auf der Hand: Sie waren in Wyk, denn mit dem Fahrrad ist man auch in ca. 30 Minuten da...

„Sissy ist draußen", unterbrach meine Mutter mein Gedankenspiel, „im Zwinger". Sissy sprang an den hohen Zaun, als sie mich entdeckte, in der Hoffnung, dass ich heute noch mit ihr rausginge.

Wir spielten Rommé, es war gewohnt lustig, mein Vater schummelte nach Herzenslust, denn ich, der das zumeist als Einziger bemerkte, war mit meinen Gedanken woanders. Meine Mutter nahm seine kleinen Tricksereien nur wahr, wenn er es, meist unvorsichtig geworden durch zu viel Wein- oder Bierkonsum übertrieb. Zum Abschluss des Kartenspiels war ausreichend Zeit zum Plaudern, man sprach über Klatsch und Tratsch, über die Zeit in Ostpreußen, über die aktuelle politische Lage, auch darüber, welch seltsames Völkchen die Insulaner manchmal waren. Oder eben über die Diebstähle der Unterwäsche direkt von der Leine. Ich hörte kaum bis gar nicht zu, meine Gedanken kreisten darum, wo an diesem Nachmittag sich wohl Catrin aufgehalten hatte.

Spät am Abend liefen wir zurück, am Meer vorbei, das Wasser war abgelaufen, diesmal gingen wir außen rum, nicht an Catrins Haus vorbei. Es war 23 Uhr, kein Mensch war mehr am Wasser, obwohl die Nacht unglaublich lau war und zum Verweilen am Strand einlud. Keine Jugendlichen, die am Feuer kuschelnd Bier tranken und ihre Jugend genossen und ab und an laut auflachten; der Ort war still, nur hie und da flackerte das bläuliche Licht der Fernseher in dem einen oder anderen Fenster...

Das leise Plätschern des sich zurückziehenden Wassers war zu hören, auf Amrum brannten die Lichter, in Wittdün konnte man den Hafen noch gut erkennen, obwohl die letzte Fähre um 20 Uhr 45 gefahren war.

***

Wir fuhren am nächsten Morgen mit dem Auto zu Carla, frühstückten lange und dann wollten wir Besorgungen machen: Einkauf im Urlaub war ein Highlight für alle, weil nicht aufs Geld geschaut werden musste, wie sonst immer. Carla gab uns einen oder zwei Hunderter mit und sagte:

„Kauft was Schönes. Geräucherten Fisch hätte ich gerne, Heilbutt, Makrele.“

„Ich geh noch eben mit Sissy eine Runde drehen, okay?“

„Nein, wir wollen los, Marcus! Es ist schon spät und um Eins gibt es schon wieder Mittag!“

Meine Mutter wurde ungeduldig, „lass ihn eben los, er war gestern schon nicht mit ihr draußen", Carla setzte sich durch.

Das erste Mal seit gestern Morgen wieder allein. Letzte Nacht hatte ich mir schon den Kopf zermartert, wie das alles jetzt mit Catrin weitergehen sollte. Für mich war nach dieser fast schlaflosen Nacht klar: Ich musste sie ansprechen, mit ihr reden, mich mit ihr treffen! Dieser Erkenntnisgewinn war zwar nicht neu, aber man konnte es nicht oft genug wiederholen. Dachte ich mir. Nun sollten Taten folgen – sicher! Ich weiß nicht, warum mir das jüdische Sprichwort, wenn du Gott zum Lachen bringen willst, mache einen Plan, einfiel, aber ich konnte es mir denken.

Dafür musste ich mir erstens ein Zeitfenster freiräumen, zweitens ohne meine Eltern!

Wenn das erledigt war, musste ich drittens Möglichkeiten schaffen, mich mit ihr alleine zu treffen, viertens ohne, dass jemand etwas merken würde.

Die Zeit drängte, ich sollte damit sofort anfangen.

Erstens: Lösbar, dazu musste ich mir einfach Sissy greifen und Carla dadurch auf meine Seite ziehen, dass ich mit dem Hund gehen wollte.

Zweitens: Schon schwieriger. Wäre mein Vater alleine da, kein Problem, meine Mutter hingegen wusste gerne, wo ich war, vor allem, wenn ich allein war.

Drittens und viertens: siehe zweitens. Klar, ich konnte allein los, ich lebte ja nicht im Gefängnis, aber irgendwie merkte meine Mutter immer etwas. Zumindest, wenn es um Mädchen ging. Ich könnte den größten Mist vorhaben, Mama würde entspannt vor dem Fernseher sitzen und sagen: „Junge, viel Spaß", und weiter dem Alten beim Ermitteln in der Münchener Schickeria zuschauen. War aber ein Mädchen im Spiel, sie setzte sich auf, stellte den Fernseher ab und fragte: „Wo willst du hin? Und warum? Mit wem? Sieh mich an, wirklich?" So war mein Eindruck – auch wenn es vielleicht nicht stimmte, aber ich nahm es eben so wahr.

„Lass den Jungen doch eben allein los", setzte sich Tante Carla durch, „ich hab auch was mit dir zu besprechen!", sagte sie zu Mama.
Die Zeit war knapp bemessen, Mama wartete auf mich, somit konnte ich nur einmal um den Pudding gehen, ich war aber entschlossen, die wenige Zeit zu nutzen, um beim Haus Halt zu machen, um nun zu versuchen, Fakten zu schaffen. Ich bremste kurz davor ab, Sissy sah mich verwundert an, da wir sonst nie anhielten. Mein Speichelfluss ließ nach, kleine Schweißperlen traten mir auf die Stirn, die ich mir mit dem Ärmel abwischte. Ich nahm all meinen Mut zusammen und klopfte an der Tür. Einmal, zweimal und auch ein drittes Mal. Ich lugte kurz ins Wohnzimmer, ein Kreuzworträtsel-Magazin lag auf dem Tisch, sonst war nichts zu sehen. Nichts. Ich fluchte laut – Sissy sah mich erstaunt an. „Du kannst nichts dafür", sagte ich zu ihr und ging weiter. Einerseits war ich erleichtert, weil eine Entscheidung – wieder einmal – aufgeschoben war, andererseits dämmerte mir zunehmend, dass ich einem Phantom nachjagte. Einem zwar sehr schönen, aber eben doch nur einem Phantom.
Der Tag ging dahin; Besorgungen erledigen, Essen machen, plaudern, mit dem Hund und Eltern raus, nach Wyk, Eis essen.
Ich zwackte mir gegen Abend etwas Zeit ab, die Tagesschau lief und dann die Samstagabend-Show im ZDF, Wetten, dass..?, oder irgendwas anderes. Echtes

Familienprogramm, mit 17 hatte ich mir die Freiheit erkämpft – auch schon zu Hause – diese Show nicht sehen zu müssen.

Sissy ratterte schon beim Aufstehen mit den Zähnen und tanzte um die Hundeleinen am Haken herum. Sie war nicht da, der weiße Bulli war weg. Ich wiederholte die Prozedur in den nächsten Tagen, ich hatte immer noch ein Fünkchen Hoffnung – die Nummer mit der zuletzt sterbenden Hoffnung hatte ich vor mir –, dass sie da war, war sie aber nicht. Es war niemand mehr da.

***

In den folgenden Tagen schaute ich jeden Tag vorbei – mit dem gleichen Ergebnis. Das Wetter wurde – passend – auch schlechter und ich verbrachte die restlichen Tage meiner Ferien mit meinen Eltern, Carla und Sissy. Sobald ich die Möglichkeit hatte, mich aus dem Familienverband zu lösen, machte ich das: Ich suchte ein Klingelschild, wenn es dunkel war, um zumindest den Namen zu erfahren und so vielleicht herauszubekommen, wie sie hieß. Es war kein Schild vorhanden und selbst, wenn ich es gefunden hätte, hätte es mir wahrscheinlich wenig gebracht: In der Hauptpost in Jever oder Wilhelmshaven hätte ich mir das Telefonbuch von Neumünster geben lassen können. Und hätte ich dann tatsächlich bei ihr angerufen? Oder geschrieben? Und wenn sie Müller geheißen hätte, hätte ich dann alle angerufen? „Haben Sie eine Tochter, die Catrin heißt?" „Nein!" „Okay, entschuldigen Sie die Störung!" Natürlich war das Aktionismus, ein Strohhalm, an den ich mich klammerte, also komplett sinnlos.

Erfolgreiche Menschen wären da vielleicht anders vorgegangen: Sie hätten beim Grundbuchamt vorgesprochen und unter irgendeinem Vorwand nach der Adresse des Besitzers des Hauses Gemarkung xy gefragt. Das musste ein gewichtiger Vorwand sein, um irgendwelche Infos zu bekommen. Erfolgreichen Menschen wäre da schon was eingefallen. Aber ich war eben nicht erfolgreich.

Je länger der Tag der Begegnung mit ihr her war, desto unwirklicher war es für mich – vielleicht hatte ich es nur geträumt? Ich hatte nach dem Abend ein langes schwarzes Haar auf meinem Pullover entdeckt, was ich in einer Dose aufbewahrte und immer wieder versicherte ich mich, ob es noch da war und ob ich es doch nicht geträumt hatte.
Die Erinnerungen waren zu real, sie waren zu schön, als dass es ein Traum gewesen wäre.
Meine Berauschtheit und Verliebtheit wich langsam der Ernüchterung und dem Liebeskummer – einen Liebeskummer, den ich mir nicht anmerken lassen konnte.
Fast täglich malte ich mir den Abend noch einmal aus, ihre Anmut, ihren wunderschönen Körper, ihre grazilen Bewegungen, ihr Lachen, ihre braunen Augen, ihr Mund, ihre Wimpern, ihre zarten, braungebrannten Hände, ihren Fußknöchel, das Band um ihren Fuß, einfach alles.
Ich träumte die ersten Wochen oft von ihr und immer, wenn ich aufwachte, war die Erinnerung da, und manchmal, wenn ich Glück hatte, hielt dieses berauschende Gefühl bis in den späten Vormittag hinein an.

Die letzten Ferientage auf Föhr gingen vorbei, sie waren auch nett, mein Vater und meine Mutter waren gut gelaunt, wir erzählten viel, spielten Karten, ich suchte oft Trost bei Sissy. Manchmal hatte ich sogar das Gefühl, dass sie froh war, dass der weiße NMS-Bulli weg war, da nun meine ganze Konzentration wieder ihr galt.

Ich war oft bedrückt und konnte es nicht fassen, dass Catrin so schnell wie sie in mein Leben getreten war, auch wieder verschwunden war. Ich hatte mich in den Tagen und Wochen nach dem Abend gefragt, was sie an dem Abend motiviert hatte, mich so offensiv anzusprechen und mit mir zu knutschen. War es mangels Masse jugendlicher Jungen in Goting? Fand sie mich wirklich sympathisch oder vielleicht noch mehr? War es der letzte Abend vor ihrer Abfahrt? Machte sie eine Ausbildung und musste los, um die letzten Vorbereitungen zu treffen? Waren ihre Ferien nicht mehr so lang?
Ihr Körper, ihr Wesen, ihr Aussehen, ihre Erscheinung hatte sich mir in mein Gehirn gebrannt und ließ mich beim Erblicken ähnlicher Mädchen noch sehr lange Zeit erstarren, vor allem als ich die Folgejahre mit den Jungs im Auto nach Nordspanien fuhr, wo es vor Catrins nur so wimmelte.
Die Zeit auf Föhr neigte sich dem Ende zu, 14 Tage für meine Eltern und die vier Wochen für mich waren schnell vorbei gegangen. Die letzten Tage striff ich mit dem Hund noch einmal durch das nähere Umfeld und hielt vor der Bank inne, an der mir Catrin so intensiv begegnet war. Täglich ein Gang an ihrer verwaisten Ferienwohnung vorbei, einen letzten Zigarillo am Strand, das war es dann auch.

An einem Samstag fuhren wir mit dem Auto mit der zweiten Fähre, Carla kullerte eine Träne aus dem Auge, mir auch, das bekam zum Glück niemand mit. Bevor wir loswollten, schaute ich noch einmal bei ihr vorbei, es war Wochenende, Neumünster war nicht so weit weg, da konnte man ja auch mal von Freitag bis Sonntag einen Inselbesuch einschieben. Man schob nicht ein. Ich besuchte das letzte Mal die Bank, wo wir saßen, schaute aufs Wasser, Sissy wollte aufs Watt, das ging nun nicht mehr, die Fähre fuhr in 30 Minuten.

Carla hatte uns zahlreiche Fresspakete eingepackt, Eier, Mini-Frikadellen, Stullen, Hühnerbeine, das reichte für eine Fahrt nach Südspanien.

Das Wetter war durchwachsen, die Fähren rappelvoll, in beide Richtungen. Samstag war Bettenwechsel, mehrere Bundesländer hatten Ferienbeginn. Die Fähren zur Insel kamen uns entgegen, auf der Reling winkten die Anreisenden den Abreisenden zu, ich hatte wenig Lust zurückzuwinken, ich war einfach zu deprimiert, dass dieser einzigartige Sommer nun vorbei war. In zwei Wochen begann die Schule. Für uns Schüler – oder die meisten – war es das Grauen: das Ende der Ferien. Ich war zumindest froh, ein paar alte Freunde, die ich nun sechs Wochen nicht gesehen hatte, wieder zu treffen.

Als wir in Dagebüll/Mole ankamen, mussten wir noch kurz anhalten, da der Zigarettenvorrat meiner Mutter zur Neige ging. Mein Vater schaute noch eben nach dem Kühlwasser und ich ging mit Anika raus, so dass sie ihr Geschäft erledigen konnte. „Die Glücklichen", dachte ich, als ich auf die drei Spuren schaute, die mit Autos belegt waren und deren Insassen zur Insel wollten.

Anika machte auf dem Rasen einen See, suchte die Umgebung nach was Essbaren ab, als ich plötzlich einen weißen Bulli in Spur drei entdeckte. Gleicher Aufbau, die Camping-Variante. Mein Herz stockte kurz: war das der Wochenendausflug, auf den ich gewartet hatte? Ich riss Anika aus ihrer Entdeckungstour nach Essbaren, schaute kurz nach der Rest-Familie. Mama stand noch in der Schlange beim Kiosk und Papa fummelte am Motor des Autos rum.

Entschlossenen Schrittes ging ich in Richtung Bulli, legte mir Worte zurecht. All meine aufgestauten Sehnsüchte der letzten Tage brachen heraus und ließen meine natürlichen Hemmungen in den Hintergrund treten: Jetzt oder nie, sagte ich mir, du hast es in der Hand. Ich kam immer näher, niemand war draußen, alle saßen im Auto, denn die Abfahrt stand kurz bevor. 150 Meter, 100, 80... ich erblickte das Kennzeichen: HH-PS 2056.

***

Wir waren noch einmal nach dem Sommer 83 auf Föhr, im Jahr darauf, zu Ostern lediglich ein paar Tage.

Carlas Zustand wurde zunehmend schlechter, die vermeintlichen Diebstähle ihrer Unterwäsche wurden zu einer Paranoia. Wir wollten nicht wahrhaben, dass Carla dement wurde, wir kannten doch unsere Carla, etwas spinnert war sie doch schon immer gewesen. Sie behauptete vehement und immer öfter, dass ihre Wäsche von der Leine gestohlen werde und nicht nur das. Sie verlegte Dinge des täglichen Lebens an unmöglichen Stellen, die Haarbürste im Kühlschrank, das Schlüsselbund im Schuhschrank waren dabei nur harmlose Sachen. Sie lächelte das weg, machte sich über sich selbst lustig, aber niemand konnte übersehen: das war eben keine Schrulligkeit mehr, sondern abnehmende

Geisteskraft. Papa sagte dazu wenig, zum einem kokettierte er damit, dass er seine Brille auch ständig suchen würde und zum anderen hatte er gelernt, Dinge nicht wahrhaben zu wollen, die wahr waren. Ich habe leider mit ihm nie darüber geredet – ich war zu jung und er wollte nicht – aber mich hätte schon interessiert, was er Ende 44 so gedacht hatte, als seine Kameraden alle abgeschossen wurden und der Endsieg durch den Äther herbeigeschworen wurde und jedem – der halbwegs intelligent war – klar wurde, dass sie einem Irren und einer komplett menschenverachtenden Ideologie aufgesessen waren und Zug um Zug zur Schlachtbank eines furchtbaren Systems geführt worden waren. Passiert halt, man merkt es eben nicht und war ja alles so nicht gemeint. Natürlich dachte ich auch, du hast es gut, bist hier in der Bundesrepublik aufgewachsen, da haste auch leicht reden...

Sissy lag eines morgens tot in ihrem Korb, einfach so. Am Tag zuvor schleifte sie Carla noch durch die Siedlung, ihren unbändigen Jagdtrieb hatte sie bis in die letzten Stunden beibehalten. Ich hatte das Gefühl, dass das für Sissy irgendwie typisch war: Halbe Sachen, das war nicht ihr Ding. Sie war nicht wie manche Hunde, die ihr ganzes Hundeleben wöchentlich in eine Tierarztpraxis geschleppt werden und dabei 15 Jahre alt werden, während Sissy, ohne einmal wirklich krank zu sein, mit achteinhalb Jahren auf einmal einschlief. Ohne Vorlauf, ohne Warnung, von heute auf morgen.

Carla war natürlich aufgelöst und mein Vater besorgte ihr einen anderen Hund aus dem Tierheim. Ich lernte den Hund in den Herbstferien kennen, ein Mischling. Der, wie ich zu meiner Überraschung feststellen musste, nicht schwimmen konnte. Bei ablaufendem Wasser trug ich den Hund durch einen Priel.

Selbstverständlich ging ich bei Catrin vorbei, das Haus war winterfest und unbewohnt. Es hatte sich kaum etwas verändert, aber man sah, dass seit dem Sommer niemand mehr dort gewohnt hatte; der Rasen war deutlich zu hoch und selbst Unkraut breitete sich in dem sonst penibel gepflegten Garten aus.

Die Erinnerung an den Sommer im Vorjahr schmerzte mich immer noch – die eingebrannten Erinnerungen kamen immer wieder hoch, ich besuchte die Orte vom letzten Jahr und hoffte, sie würde vielleicht ein paar Tage in den Oster- oder Herbstferien in dem Haus verbringen, tat sie aber nicht.

***

Im Frühjahr rief Christa an, Carlas Tochter: Ihre Mutter könne nicht mehr alleine wohnen. Sie sei schwer dement, irre durch die Siedlung und beschuldigte Einheimische und zum Teil auch Touristen des Diebstahls ihrer Unterwäsche. Ihre Wohnung – die ja schon immer etwas chaotisch gewesen war – vermülle zusehends, verdorbene Lebensmittel, Berge von Zeitungen, unbezahlte Rechnungen zeigten einen Grad von Verwahrlosung, das ein Alleinsein unmöglich mache. Carla müsse ins Heim, sie haben da auch schon eine Einrichtung in ihrer Nähe gefunden, nächste Woche würde das kleine Ferienhaus geräumt.

Die Beziehung meiner Eltern zu Christa und vor allem zu ihrem Mann war kühl, aus Gründen, die ich mir erst später zusammenreimen konnte. Das Haus auf Föhr übernahmen die beiden und es war klar, dass unser

Urlaubsdomizil ein für alle Mal weg war, denn so frostig, wie das Verhältnis zu Christa war, hätten sie uns niemals die Gelegenheit gegeben, dort Ferien zu machen.

Ich fuhr mit meinen Freunden ins Ausland und meine Eltern blieben zu Hause – Carlas Haus auf Föhr war der einzige Ort, den sie sich leisten konnten oder wollten. Wir besuchten sie einmal im Heim. Sie erkannte uns nicht, sie sang in ihrem Sessel munter vor sich hin, ihre Zähne waren in einem Glas auf dem Nachtisch. Einmal blitzte etwas Erinnerung in ihr auf und sie sagte zu meiner Mutter:

„Hier wird geklaut, ja. Meine Ringe, alle weg!" 2003 verstarb sie mit 94 Jahren, 18 Jahre dämmerte sie in einem Heim vor sich hin, sie flüsterte in einem lichten Moment ihrer Tochter ins Ohr: „Aber ich lebe doch so gerne."

2006 verstarb meine Mutter, zur Beerdigung kam auch Christa mit ihrem Mann. Ich war mittlerweile verheiratet und wir hatten zwei entzückende kleine Kinder, vier und zwei Jahre alt. Wir kamen mit Christa ins Gespräch und sie erzählten von dem Haus auf Föhr. Sie hatten nach der Einlieferung von Carla ins Heim das Haus vollumfänglich renoviert, besser gesagt, es abgerissen.

Im Laufe der Zeit wurde der Kontakt zu Christa und Hans-Gerd, Christas Mann, etwas intensiver, man traf sich ab und an auf dem Weg nach Hamburg, wenn Verwandtenbesuch anstand.

So richtig herausbekommen habe ich nicht, warum das Verhältnis zwischen Christa, ihrem Mann und meinen Eltern so zerrüttet war. Es lag wohl in erster Linie an Hans-Gerd, ein Lehrer mit der unangenehmen Art, immer Recht haben zu wollen und zwar in allen Lebenslagen und Fragen. Und zwar nicht in der Art, wie es bei Lehrern per se auftreten kann, sondern um einiges penetranter. Hinzu kam eine besonders ausgeprägte Form des Geizes, womit er auch zu prahlen pflegte: So jammerte er darüber, dass es auf der Insel Föhr keinen Aldi gäbe, und brachte kofferaumweise Lebensmittel vom Festland mit. Auch verkündete er mit Stolz, dass das Einwohnermeldeamt ihn als Einheimischen akzeptiert habe, obwohl er ja nur wochenweise in den Ferien oder hie und da mal am Wochenende im Haus sei. So konnte er die Fährtickets günstiger bekommen. Diese Vorteile waren damals Pfennigbeträge, aufsummiert aufs Jahr vielleicht 100 Mark, wenn überhaupt, aber es waren eben 100 Mark, die andere leichtsinnig ausgaben, wenn sie eben den vollen Fährpreis bezahlten oder, was noch viel schlimmer war, beim Tante-Emma-Laden um die Ecke einkauften.

Zu ihrem 5. Geburtstag bekam meine Tochter zwei Plastik-Lkws, die er – so erzählte er stolz – als Beigabe zum Kauf zweier Wasserkisten, eine Sonderaktion des Getränkemarktes, um ihr Low–Level–Wasser loszueisen, die Hausmarke, scharf unterpreisig auch unter normalen Umständen, dazubekommen habe. Meine Frau war entsetzt von dieser Schoflichkeit, ich versuchte die Wogen zu glätten, allein, um den Frieden zu wahren.

Wir trafen uns mit den beiden ein-, vielleicht zweimal im Jahr zum Kaffee, dazu Kuchen aus dem Froster, der zumeist noch halb gefroren war, kurz vor dem Verfalldatum, Sonderposten, in großen Mengen noch günstiger, und dem man seine Billigkeit nicht nur ansah, sondern sie auch schmeckte. Argwöhnisch beobachtete Hans-Gerd das Wirken der Kinder, dass sie ja nicht etwas von der Einrichtung beschmutzen oder gar beschädigen konnten. Oder noch schlimmer, durch einen unbedachten Tritt sein Vermögen irgendwie minimieren hätten können, sei es auch nur um einen Cent und wenn es ihn gegeben hätte, um einen Mikro - Cent.

***

2011 verstarb Hans-Gerd in dem Haus auf Föhr. Er lag eines Morgens tot in seinem Bett, Christa entdeckte ihn nach dem Frühstück. Sein ganzes Vermögen, das er über Jahre eisern unter Verlust jeglicher sozialen Kontakte hart gespart hatte, war nun weg, oder besser gesagt, in den Händen seiner Frau, die er im Prinzip sein Leben lang als nötiges Übel akzeptiert, ihr aber nie wirklich vertraut hatte – warum auch? Er vertraute nur sich selbst und seiner Genialität, auch ein Beamter im Schuldienst könnte Millionär werden. In den letzten Atemzügen hat er sich sicher gefragt, ob das letzte Hemd Taschen habe und sich vermutlich lange gequält ob der Frage, was nun mit seinem Vermögen passiere, wenn das letzte Hemd – er war Realist genug – nun wirklich keine Taschen hätte. Vermutlich ist er bei diesem Gedanken eingeschlafen – Gott habe ihn selig.

Sie hatten schon lange kein gemeinsames Schlafzimmer mehr. Wie ich sehr viel später erfuhr, hatte Hans-Gerd ein ausgewachsenes Alkoholproblem. Er betrank sich gegen Abend und wankte spät in der Nacht ins Bett.

Wie ich es bei vielen anderen Paaren aus der Kriegsgeneration beobachten konnte, blühte die Frau nach dem Tod ihres Mannes förmlich auf. 50 Jahre stand sie unter dem Joch ihres Mannes, obwohl sie selbst beruflich etabliert war und als Rektorin einer Grundschule ihre Frau stand. Sie begann exklusive Reisen zu machen, kaufte sich nette Sachen und intensivierte ihre sozialen Kontakte. Auch zu mir und meiner Familie wurde der Kontakt wesentlich enger. Sie schloss die Kinder ins Herz und besuchte uns regelmäßig.

Ich erfuhr so einiges, so auch, dass sie sehr unter ihrer selbstsüchtigen und selbstverliebten Mutter Carla gelitten hatte, dass sie in der Zeit nach der Flucht jahrelang mit ihrer Mutter in einem Zimmer gelebt hatte und vieles mehr.

Eines Tages fragte sie mich beiläufig, ob ich nicht Lust hätte, mit der Familie mal wieder nach Föhr zu fahren, das Haus stehe doch die meiste Zeit leer. Wir müssten nur Gas, Strom und Wasser bezahlen.

***

Über 20 Jahre war ich nicht mehr auf der Insel gewesen, seit dem Herbst 84. Ich war aufgeregt wegen der vielen Erinnerungen, die diese Insel in sich barg. Und da war natürlich auch der Sommer 83, aber nicht nur. Es waren die schönen Momente mit der Familie, mit Sissy, die ich so liebte, mit Tante Carla und die vielen anderen Dinge. Es hatte etwas Magisches, es war eine Reise in die Vergangenheit.

Auf der Fähre bestellte ich eine Flasche Flensburger und eine Bockwurst – das Bier ging sofort ins Blut –, die Kinder standen mit ihrer Mutter auf der Reling und schauten aufs Meer. Natürlich kamen alle Erinnerungen hoch, mein Vater, über dessen dicken Bauch sein Hemd spannte und der sehnsuchtsvoll und gedankenverloren aufs Meer schaute, meine Mutter, die genussvoll an ihrer R6 zog, zum ersten Mal auf einer nordfriesischen Insel. Die Erinnerung an die verrückte Carla, an Sissy, der wilde Hund, an den Fleischer, der die beste Wurst auf der Insel machte, an die Nachmittage, die mein Vater vertieft in der

„Welt" las, an den Zigarrenrauch, der sich mit dem Zigarettenrauch der R6 mischte, an endlose Diskussionen über den Verlust der Heimat und die Ostpolitik Brandts und natürlich an den Sommer, als dieses wunderschöne Mädchen – ein Phantom – mit mir an einem lauen Sommerabend küsste und danach nur noch in meinen Erinnerungen herumgeisterte – zunehmend als vage Vorstellung des perfekten Mädchens, die mit jeden Jahr blasser wurde und irgendwann nur noch eine Ahnung war.

Die erste reale Begegnung mit ihr zwischen den aufgeblühten Heckenrosen, deren Duft alle Inselliebhaber betäubt und der vom leichten Sommerwind über die Insel getragen wird, betäubt mich noch heute, gar nicht mal wegen der direkten Verbindung mit ihr, sondern eher im Kontext: Sommer – schönes Wetter – schönes Mädchen – jung – alles ist neu. Manchmal habe ich gedacht, dass die Psycho-Tabletten von Carla, die ich in dem Sommer regelmäßig genommen hatte, mich das nur haben einbilden lassen. Ich bewahrte lange Jahre in einer Nivea-Dose ein Haar von Catrin auf. Ich holte es ab und an raus, betrachtete es und ließ mich fallen in den Sommer 83. Irgendwann war die Dose weg – sie hatte im Nachtisch gelegen –, dann vermisste ich sie auch nicht mehr.

Das Haus hatte sich komplett verändert, ehemals weiß, war es nun in rotem Klinker gemauert. Durch einen Trick hatte Hans-Gerd ein Obergeschoss errichten können, was in der Siedlung nicht erlaubt war, da eine bestimmte Höhe der Häuser nicht überschritten werden durfte. Er legte das Haus einfach tiefer und somit war das halbe Erdgeschoss mehr oder weniger in der Erde. Die Insulaner waren sicher baff wegen dieses Tricks, aber ja, sagte sich Hans-Gerd, nur so kommt man zu was. Er klopfte sich selbst auf die Schulter und lachte laut über seine Schlitzohrigkeit und über die Einfalt der dortigen Behörden.

Er genoss nicht im Stillen seinen Sieg über die nordfriesische Bürokratie, sondern labte sich daran in allen Zügen, jedem, auch wenn es denjenigen so gar nicht interessierte, teilte er seinen Sieg mit. Er machte sich auch lustig über die, die sich an die Vorschriften hielten und ihre Ferienwohnungen so umbauten, wie es die Verwaltungen erlaubte: Ha, ha, ha, was seid ihr bescheuert, er trank sein Bier, die Menschen wandten sich ab und er legte sich selbstzufrieden ins Bett – irgendwann eben zum letzten Mal. Da lag er nun in seinem Bett, im nicht erlaubten Obergeschoss-Bett, Tasche voller Asche, die seine Frau irgendwann später ausgab, als wäre es nichts, gar nichts.

Nichts erinnerte an das damalige Haus, alles war massiv gebaut und gut durchdacht. Zwei Toiletten, statt einer, zwei Zimmer oben, ein großes unten.

Das Haus war nach dem damaligen Geschmack älterer Menschen eingerichtet, von Carlas Möbeln war nichts mehr zu sehen, kein Bild, keine Erinnerung, nichts. Das Haus umgab ein Wall, auf dem oben Heckenrosen gepflanzt waren. Das Haus war perfekt ausgestattet, nichts erinnerte an die Improvisationskunst Carlas, als mit der Rosenschere auch die Weihnachtsgans zerlegt wurde.

Der Birnbaum, den Carla gepflanzt hatte, war nun groß, sonst sah es aus wie einst: der Schotterweg, die Pfützen, selbst der damalige Gärtner, nun steinalt, arbeitete sich durch die ihm verbliebenen Grundstücke.

Ich fuhr am ersten Morgen, nachdem ich nach über 25 Jahren zum ersten Mal wieder auf Föhr war, an den

Strand mit dem Auto, drehte die Musik auf und schaute aufs Meer, ich hörte *James* von *Pat Metheny*, mittlerweile als CD und nicht als Kassette. Ich hielt vor dem Spielplatz an, unweit von dem Ort, wo Catrin und ich damals küssten, stellte den Motor ab und schaute aufs Wasser, schloss die Augen, öffnete die Fenster, das Möwengeschrei mischte sich mit der Musik, die Nordseeluft strömte ins Wageninnere. Das Meer machte glücklich.

Ich hörte das Stück von Pat Metheny zu Ende, fuhr zum Bäcker und holte Brötchen.

Es war schön, einfach schön, wir tollten mit den Kindern, tranken mal ein Bier, die Kleinen genossen den Aufenthalt, die Nähe zum Meer, sie fühlten sich ein bisschen zu Hause, da sie wussten, dass ich früher oft hier gewesen war. Wir gingen zum Strand, fuhren in den Ort, fuhren nach Wyk, kauften im Supermarkt ein, steckten den Kamin an – genossen die Ferien.

***

Nach einer Woche, wir hatten uns gut eingelebt, gingen unser Sohn und ich an den Strand, um Boule zu spielen. Er war sechs Jahre alt und ich fand, er war alt genug, ihn einmal in die hohe Kunst des Spiels, was ich nicht wirklich – so sehr ich mich auch in den letzten 30 Jahren bemüht hatte – beherrschte, einzuweihen.

Wir liefen den Weg, den ich damals mit Sissy gegangen war, in Richtung Strand. Ich schloss kurz die Augen und spürte das Atmen von Sissy für einen Moment, aber auch nur für einen Moment.

Wir gingen an Catrins Haus vorbei, das für mich nur noch eine nostalgische Erinnerung war, wie mein erster

Schultag im Gymnasium, sehr emotional, aber unbedeutend für meine derzeitige Lebenssituation.

Ich erzählte meinem Sohn von Sissy, wie wir damals zum Strand gegangen waren, wie lange wir auf dem Watt gingen, wie wild sie war, aber auch wie still sie sein konnte, wenn es die Situation erforderte, als wir langsam in Richtung Parkplatz kamen.
Auf dem Parkplatz standen mehrere Autos, ein Benz aus Dortmund, ein Opel aus Münster und ein VW Touran, Kennzeichen, NMS-SY 7
Wir liefen zum Strand und spielten Boule.

***

Natürlich ging mir das Kennzeichen nicht aus dem Kopf – so viel Zufall kann es nicht geben – während der Gänge mit der Familie nahm ich das Haus, wo Catrin einst gewohnt hatte in Augenschein. Das Haus sah bewohnt aus, ich konnte aber niemanden sehen und es war mir eigentlich auch egal.
Aber klar, es war mir nicht ganz gleichgültig – es konnte auch nicht sein.
Eines Nachmittages – wir kamen grad vom Strand zurück – sah ich, wie sich in Catrins Haus etwas bewegte und ich hörte Kinderstimmen. Außen, vorm Haus lagen die üblichen Kinder-Utensilien herum: Bälle, Beachball-Schläger, Luftmatratzen. 25 Jahre, 30 Jahre her, was kümmert es mich, dachte ich. Was ist in den Jahren passiert? Da konnte so alles passiert sein: Das Haus hätte verkauft worden sein, es wurden daraus Ferienwohnungen gemacht, egal, irgendwas. Aber was

mich stutzig machte war, dass das Haus noch immer so aussah wie vor 25, 30 Jahren, haargenau so.

An einem Nachmittag, die Kinder und die Frau waren ziemlich geschafft von den Anstrengungen des Tages, ging ich alleine los – logisch, ich war auch müde, doch ich wollte alleine mal schauen, was es mit dem NMS-SY 7 auf sich hatte.

Ich ging unseren Weg, am Haus war nichts zu sehen, es schien leer, auf dem Weg zum Strand sah ich einen sehr alten Mann im Strandkorb mit Prinz-Heinrich-Mütze, er döste im Strandkorb, um ihn herum zwei Frauen, eine in meinem Alter, eine deutlich älter, dazu drei Kinder, eines um die 14, zwei unter zehn. Ich setzte mich aufs Kliff und beobachtete das Geschehen.

Nach 20 bis 30 Minuten ging ich runter zum Strand und ging direkt auf die beiden zu: „Hallo", sagte ich. „Hallo". Catrin saß mit ihrer Schwester gleich vorne, sie war pummelig geworden, hatte auffällige Tattoos, ein Piercing in der Nase und ihre Kinder, die um sie herumtollten, waren etwas zu dick. Ihre ehemals dunklen Haare waren blond gefärbt, an den Ansätzen kam das Dunkel wieder durch. „Alles klar bei Ihnen?" „Ja." Aus ihrem Handy dröhnte blechern Musik, ihre Beine waren durchsetzt von Orangenhaut, an manchen Stellen konnte man sehen, dass die Haut mit der plötzlichen Gewichtszunahme nicht hinterhergekommen war, sie hatte nichts mehr von ihrer Grazilität von einst, ihre Stimme war nicht mehr sanft, lasziv, sondern rau, verraucht, verbraucht und banal.

Sie hatte Falten im Gesicht – so wie ich auch –, aber ich hatte sie als junge, unfassbar schöne Frau im Gedächtnis, mit sanfter Stimme – sie war nun eine Frau, wie sie zuhauf in Supermärkten herumliefen – der Zauber von damals wohnte ihr so gar nicht mehr inne.

„Ist noch was?"

„Nein", sagte ich verlegen und kratzte mich unter dem T-Shirt an meinem Bauch. „Sorry."

Ich blieb noch einen Augenblick stehen und starrte sie an. Sie merkte das und warf ein weiteres „Wirklich alles klar bei Ihnen?" nach. Ich kombinierte innerlich und mir war klar, dass dieser Mensch, dick, tätowiert, alt, gepierct, Catrin war, das Mädchen, das mich in bestimmten Momenten in Rauschzustände gebracht hatte.

Sie erkannte mich nicht wieder. Ich sah auch nicht mehr aus wie 17, klar. Hatte meine Figur noch ein bisschen gehalten, aber gut, ich drehte mich weg und steckte mir eine Zigarette an, war noch immer etwas schockiert von der Begegnung, auch weil mir klar wurde, dass auch Menschen älter werden, die sich derart in mein Hirn eingebrannt hatten und die älter, dicker oder dümmer wurden. Ich schlenderte über den Strand zur Wohnung – ich war traurig. Traurig darüber, dass sie mich nicht erkannt hatte, hatte ich doch in meinem bisherigen Leben von dieser Begegnung gezehrt, irgendwie, mal mehr, mal weniger.

Und was, wenn sie mich wiedererkannt hätte? Und wenn sie noch so grazil gewesen wäre, wie sie damals gewesen ist? Und dann?

Die Frage stellte sich nicht.

***

Christa verkaufte das Haus, weil es ihr zu viel wurde. Verständlich, aber auch eben nicht. Sie nutze das Haus kaum noch, die Anreise nach Föhr war ihr zu beschwerlich, die Kosten, ein bisschen hatte sie Hans-Gerds Lebenselixier noch im Blut. Sie hätte sich das Haus über Jahre leisten können, ohne dass sie es nur annähernd an ihrem Konto bemerkt hätte. Sei´s drum – sie wollte verkaufen und verkaufte es.

Wir hatten damals selbst gebaut und waren nicht in der Lage, das Haus zu kaufen – ein Fehler.

Somit war ein Stück Familiengeschichte weg. Es wurde noch einmal umgebaut; wir waren seitdem nicht mehr da, ein Blick auf ein Vermietungsportal im Internet zeigte mir, was geschehen war, ein Stück meines Herzens wurde aus meiner Brust gerissen. Ich hatte lange damit zu kämpfen, dass es diesmal ganz weg war – so endgültig, unwiederbringlich. So wie die Erinnerung an, Catrin, so ernüchternd, ein Sterben eines Teils meines Lebens auf Raten, erst Catrin, dann das Haus. In der Reihenfolge.

Irgendwann, Jahre später besuchten wir Christa. Das Haus auf Föhr war verkauft, die komplette Sinnlosigkeit des Verkaufs seitens Christa hatte ich so hingenommen – was blieb mir auch übrig? Wir plauderten ein wenig über alte Zeiten. Wir sprachen auch über den ominösen Johannes Heesters, dessen Bild bei Carla solange gehangen hatte. Er war ja Carlas zweiter Mann, den sie 1967 geheiratet hatte, Charles – eigentlich Karl

Auf der Rückfahrt, ich hatte ein bisschen Bier getrunken, zu viel um fahren zu können, zu wenig, um zu schlafen, googelte ich Carlas Johannes Heesters. Er war SS-Offizier gewesen, kein kleiner, sondern einer der höchsten, die es damals gab. Und keiner, der irgendwann eingestiegen war, weil es gesellschaftlich opportun war, sondern jemand, der schon ganz früh dabei gewesen war. Er gab seine Zahnarztpraxis auf, um in die SS einzutreten.

Später litt er unter Schwermut, so Christa, wegen der Verbrechen, die er begangen hatte, und verstarb in den frühen 70er-Jahren.

Christa wurde irgendwann dement, sie vergaß ihre Liebe zu den Kindern, auch die Liebe zu mir. Die engagierte und durchaus ambitionierte Pflegekraft, die 24/7 bei ihr war, wurde adoptiert. Hans- Gerds und Christas Vermögen wurde neu verteilt. Es kam keine Weihnachtspost mehr, nichts zum Geburtstag der Kinder, die sie ja so geliebt hatte. In ihren lichten Momenten rief sie an, war klar und erklärte unter fadenscheinigen Begründungen, warum sie sich nicht mehr meldete.

Wir waren raus aus ihrem Leben. Zumindest hatten wir das gemeinsam mit Hans-Gerd, der war ja nun auch raus. Und mit meinem Vater, der auch sieben Jahre geglaubt hatte, dass er für eine gute Sache sein Leben hingäbe, der deutsche Staat redete ihm den Endsieg ein, er warf sich sechs Jahre lang in die Schützengräben Europas auf den Befehl einer großen Handvoll Irrer und am Ende sagte man ihm, dass das alles ein großer Irrtum gewesen wäre. Passiert eben, man kann sich auch mal irren.

Er starb, als ich 20 war.

Das ist so, als wenn man eine Kerze ausbläst. Dann brennt sie eben nicht mehr.

Na und, das Leben geht weiter.

Catrin

Scheiße, dachte ich, scheiße. Meinen Realschulabschluss habe ich vermasselt. Deutsch eine 4, Mathe, kannste erst recht vergessen und Geschichte, Erdkunde und so weiter… Reden wir nicht drüber. Scheiße, der Alte ist echt sauer. Oberstufe kann ich nun echt abhaken. Nicht nur das. Jetzt muss ich mit den Alten schon wieder nach Föhr und wahrscheinlich auch eine Ausbildung machen. Hatte

ich mir jetzt komplett anders vorgestellt. Echt. Die guten Ausbildungsplätze sind schon weg, weiß ich auch, und eigentlich wollte ich mit meinen Freunden los – ins Ausland und nicht schon wieder Föhr – puh. Seit Jahren fahren wir dahin, ist ja nett, aber das war's dann aber auch. Papas Firma hat in einer Bäckerei die ganze Ladeneinrichtung neu gebaut, die suchen noch jemanden für den Verkauf, Catrin, das wäre doch was für dich, oder? Mein Alter arbeitet als Metaller schon seit 30 Jahren da, als Meister, Vorarbeiter und so, gehört irgendwie zum Firmeninventar und kommt echt viel rum in der Gegend. Ja, klar, habe ich höllisch Bock drauf, mein Leben lang Brötchen zu verkaufen. Und Kuchen. Ne, eigentlich nicht. Aber was soll ich machen, der Alte macht Druck, ein Jahr rumgammeln, da steht der so null drauf. Ich hab meine Bewerbung erst mal fertiggemacht, was soll's, habe ich meine Ruhe. Viel mehr nervt mich, dass ich schon wieder nach Föhr mitkommen soll. Zumindest fährt meine Schwester Imke mit, die hat auch Urlaub, immerhin. Die ist schon lange fertig mit der Ausbildung, hat eine bescheuerte Trennung hinter sich, ihr Freund, Thomas, ist echt ein Scheiß-Typ. Da muss ich jetzt durch – irgendwie – Föhr ist ja auch okay, aber eigentlich wollte ich mit den Mädels wohin, wo was los ist, bisschen Spaß haben, Party und so. Zumal Michael Schluss gemacht hat vor ein paar Wochen, dachte echt, das ist was Großes, war es aber nicht. Der Penner hat echt Schluss gemacht, einfach so. Auch ein Scheiß-Typ, er war eigentlich ganz süß, nun ist er mir egal, oder doch nicht? Das nervt alles so sehr.
Wie oft bin ich mit diesem bescheuerten Bulli nach Föhr gefahren? Mann, es nervt – wirklich!
Catrin, kommst du endlich? Der Alte ist nervös, wir müssen los.

Ja, Papa ich komme, es ist noch genug Zeit, warum stresst der denn so?

Die Fähre wartet nicht auf uns.

Ach, leck mich, dachte ich. Die blöde Bäckerei hat sich noch nicht gemeldet, jeden Tag muss ich mir das Gequatsche vom Alten anhören: Catrin, machst du dies, hast du mal nachgefragt, siehst du noch eine Alternative, was kannst du sonst machen, hast du mal nach was anderem geschaut?

Ne Papa, das interessiert mich auch nicht, wollte ich am liebsten antworten, checkt er einfach nicht, was soll´s.

Immer das Gleiche, in Busdorf halten, Brote essen, Muttis hart gekochte Eier, Schnitzel auf die Hand und Kaffee aus der Thermoskanne. Immerhin ist das Wetter gut. Die Mädels sind ohne mich gefahren, na prima. Und Michael hat sich auch nicht mehr gemeldet, Claudia meinte sogar, der hat schon lange eine Neue, der hat mit ihr schon rumgemacht, als wir noch zusammen waren. Ach Mist, echt.

Okay, ich geb zu, ist echt nett hier, das Meer gleich um die Ecke, aber so völlig öde – besonders in Goting. Die Bude gehört uns, das ist ja auch toll, aber jeden Sommer hierherfahren, ne muss echt nicht sein. Egal, ich mach das Beste draus, zum Glück verstehe ich mich mit meiner Schwester gut.

Mann, schon eine Woche hier, puh ist mir langweilig. Zum Glück ist Mama schon weg, hat keinen Urlaub bekommen, Krankenschwester, echt ein Scheiß-Job. Mama nervt auch manchmal.

Mit Imke hänge ich dann am Abend ab, ein paar Bier, bisschen Strand, Karten spielen, Kniffel und so. Aber sonst: super ö-d-e!

Gestern ist hier ein Junge vorbeigelaufen, sah ganz süß aus, ein bisschen verklemmt, hatte so einen braunen, großen Hund dabei, war witzig, der Hund ist mit ihm spazieren gegangen, nicht umgekehrt. Papa macht Druck, ich solle jetzt bei der Bäckerei anrufen, was nun los sei. Klar, im Urlaub rufe ich da an, träum weiter Papa.

Heute gehen Imke und ich ins Erdbeerparadies, mal sehen, was da los ist, der Alte wollte uns hinbringen und abholen, wenn Imke dabei ist, ist das okay für ihn. War nett, ein paar Jungs dabei, mit einem habe ich auch geknutscht, mehr nicht, was soll das auch, bin eh bald weg hier, der Typ war auch ein bisschen strange, wollte gleich fummeln – ne lass mal, habe ich gesagt, so toll war er nun auch wieder nicht.

Heute habe ich einen Scheiß Kater, muss eine Sonnenbrille aufsetzen, mein Kopf brummt. Da kommt doch der Junge mit dem verrückten Hund wieder, der ist echt süß, hat gerade sogar rüber geschaut, so schüchtern. Egal, Hauptsache der Alte nervt mich heute nicht.

Kater weg, nun hängt mir der Alte wieder auf der Pelle, aber so richtig. Mit Fragen, wie stellst du dir das eigentlich in Zukunft vor, du musst dich kümmern und so Kack-Fragen. Selbst Imke hat ihm zugestimmt..., auch das noch. Meine Fresse. Ich bin aufgestanden und abgehauen. Reicht echt. Kann der mich nicht einfach in Ruhe lassen? Ich muss raus, laufe mal eben nach Nieblum. Sag Imke nicht Bescheid, manchmal nervt die mich auch, steht nie zu mir, die hält auch den Mund, wenn der Alte loslegt oder fällt mir wie heute in den Rücken, Mann. Puh, warum war ich nur so faul in der Schule, drei Jahre Oberstufe, drei Jahre Ruhe, fertig. Ich bin echt bescheuert, ja, das bin ich. So easy, muss man nur was tun – habe ich aber keinen Bock drauf, ist so.

Bin jetzt mal eben abgehauen, ist bestimmt total entspannend, die beiden mal für eine Weile nicht zu sehen.

Manchmal denke ich, ich habe nur Scheiß Pech. Die anderen haben für die Schule auch nix gemacht, haben sie zumindest gesagt, wahrscheinlich stimmt das gar nicht. Ich steh jetzt da, mit 'nem eher schlechten Realschulabschluss und verkaufe für den Rest meines Lebens Brötchen, na, geil.

Auf dem Rückweg habe ich den Jungen wiedergesehen, er kam mir auf dem Strandweg entgegen, ich dachte, der macht sich gleich in die Hosen, war schon echt süß, wie er sich knapp ein „Hallo" abringen konnte. Ich hab mal geschaut, wo der wohnt, gar nicht weit weg von uns, ich bin ihm heimlich gefolgt, der wohnt bei der verrückten Alten, keine 200 Meter entfernt. Mein Vater hatte mir gesteckt, die Alte kommt aus Ostpreußen und erzählt immer irgendein wirres Zeugs, mir wumpe, soll doch jeder leben, wie er will. Den Jungen kannte er auch nicht, aber egal, bin eh bald weg.

Heute hatte er mich angelächelt, Mann der ist echt verklemmt. Er läuft mit dem Hund höllisch weit aufs Watt raus, muss man mögen, ich mag´s nicht, ich häng lieber am Strand ab.

Gestern hat der Kack-Bäcker zu Hause angerufen, Mama hat es Papa erzählt und der mir: du hast den Ausbildungsplatz, ist das nicht super?

Ja, richtig super, ich kotz im Strahl.

Wir müssen übermorgen los, damit das klar geht, genieß den letzten Tag, Catrin.

Aber sicher, sagte ich, und fing fast an zu weinen. So, liebe Catrin, jetzt hast du deine Ernte eingefahren, die du in den letzten Jahren gesät hast. Imke sprach mir gut zu, sie arbeitete schon länger bei einer Export-Firma im Büro, hatte einen ruhigen Job, es machte ihr Spaß.

Ich sah in den Spiegel und musste feststellen, dass ich gut aussah. Und ich wusste auch, dass ich nicht doof war, nur eben faul. Stinkefaul. Warum hatte ich nicht den Mut zu sagen, dass ich meine Lektion gelernt habe und die Schule weitermachen möchte? Da gibt es sicher Alternativen?! Nein, Papa hat sich so bemüht, dass du den Ausbildungsplatz bekommst, jetzt machst du das, was sollen die Leute denken?

Ist mir erst mal scheißegal, was die Leute denken, dachte ich, ich duschte, nahm mir ein Bier mit in die Dusche und stellte das Radio sehr, sehr laut:

She works hard for the money
So hard for it, honey
She works hard for the money
So you better treat her right

Ja, *Donna Summer* ist echt cool, ich bin's nicht.

Der Abend war schön, scheiße, morgen muss ich weg, Imke hatte Sonnenbrand, war im Bett, ich hatte zum Glück keine Probleme damit, da ich von Natur aus eher einen dunklen Teint habe, vielleicht bin ich gar nicht Papas Tochter, er ist weiß wie ein Schneemann.

Papa löste Kreuzworträtsel, die Sachen waren gepackt.

Ich geh noch mal kurz an den Strand, sagte ich zu Papa, er blickte kurz auf, nickte und vertiefte sich weiter in sein Rätsel.

Ich zwei, vielleicht drei Bier auf, schlenderte zum Strand und sah den Jungen wie er gedankenverloren auf der Bank saß und der Hund – ungewöhnlich ruhig – neben ihm lag.

Ach komm, scheiß drauf, ich geh mal eben hin zu ihm, ich find ihn ja auch irgendwie knuffig, so schüchtern wie er war. Hi, sagte ich zu ihm, Mann, der zuckte fast zusammen, hatte so ein Marmeladenglas in der Hand, was ist da wohl drin, fragte ich mich. Hi, antwortete er, ich merkte, wie ihm die Luft wegblieb, Mann süß, ich setzte mich neben ihn. Wir redeten ein bisschen, hat kaum ein Wort rausbekommen zuerst, dann wurde es echt besser, erzählte ein bisschen von sich, fand ihn wirklich nett. Puh, in seinem Glas war ein Honigschnaps, Alter, wie kann man so einen Scheiß trinken, da hab ich gedacht, hol mal vom Alten einen 6er. Der Typ, echt ganz nett, ich glaub, das wird doch ein ganz nicer Abend.

Der Typ war soo schüchtern, hab ihn übern Bauch gestrichen, er hatte wohl eine fette Operation gehabt. Mann, er hatte einen Ständer, war ihm saupeinlich, süß echt, dachte wohl, ich merk das nicht. Okay, von selbst macht er's nicht, ich knutsch ihn einfach: Ei, der kann echt küssen, nicht schlecht. Aber Scheiße, das macht der zum ersten Mal, klar merke ich das.

Soo süß.

Er hörte gar nicht auf zu reden, die Kack-Fähre geht morgen um 6:45, langsam muss ich mal los, der Alte dreht echt durch, wenn ich zu spät komme, Kacke, ist echt nice mit ihm. Irgendwas hält der in der Hand – langsam ist der echt betrunken, der Kleine. Schade, so ein geiler Abend so warm, hätte gerne noch mit ihm rumgemacht, aber ne, lass mal, der ist echt besoffen jetzt. Und außerdem: 6:45.

Er brachte mich nach Hause – wenn man das so nennen kann, verdammte Axt, war der voll. Nun reicht´s auch, ich gab ihm einen Kuss, Bye-bye, schade, dass wir uns nie näher kennenlernen werden. Soo toll war er nun auch nicht.

Der Alte stand schon wartend in der Tür, musste mir gleich einen Spruch anhören, na, wieder mit 'nem Typen rumgemacht? Hast du wenigstens seinen Namen behalten? Halts Maul, dachte ich, knallte die Tür zu und legte mich hin und pennte sofort ein, Imke schlief schon und murmelte irgendeinen Scheiß. Der Alte geht mir manchmal so dermaßen auf den Sack.

Die Ausbildung war voll für den Arsch. Hab nur in dem Kack-Laden rumgestanden. Zwei Normale, drei Sesam und ein Mohn. Darf´s noch was sein? Ne, nicht mein Beat, überhaupt nicht. Prüfung hab ich mit 2 abgeschlossen, ohne mich fett anstrengen zu müssen. Mann, habe ich schon wieder gedacht, warum biste nicht weiter zur Schule gegangen, ich Vollidiot.

Chef bot mir gleich eine eigene Filiale an, als Leitung und so. So schlecht war ich dann wohl doch nicht in meinem Job. In Wasbek, bisschen raus, Gehalt war okay, nicht prickelnd, aber egal. Klar habe ich gemacht, hatte guten Umsatz. Und meinen Job habe ich drauf klar, ´ne Schule musste jetzt auch nicht mehr sein. Im Nachhinein hab ich gedacht, logo, Schule wäre echt schlauer gewesen. Und wenn's eine Fachschule gewesen wäre. Oder sowas.

Dann kam Rainer, netter Kerl, hat bei einer Bank gearbeitet, sah gut aus – ich ja auch. War total nett mit ihm, hab ihn dann geheiratet, erstes Kind, dann das zweite. Plötzlich war Rainer auf einmal gar nicht mehr so nett, kümmerte sich einen Scheiß um die Familie, meinen Job hab ich auch verloren, als ich schwanger war. Rausschmeißen konnte Chef mich ja nicht so einfach, so schlau war ich. Hat mir bisschen Kohle angeboten, dass ich die Kündigung unterschreibe. Habe ich auch gemacht, Kohle brauchten wir ja bei zwei Kindern. War selten dämlich von mir, checkte ich dann auch irgendwann mal. Rainer war ständig besoffen, hing nur mit seinen bescheuerten Kumpels ab, einmal hat er mir eine reingehauen, als er völlig breit vom Fußball Samstagnachmittag nach Hause kam. Da habe ich gesagt, es reicht, bin am Abend noch mit den Kindern abgehauen. Was für ein Scheiß-Typ.

Bin erst mal wieder zu Papa gezogen, hab dann eine Bude in Neumünster bekommen, aber echt kacke mit zwei Kindern einen Job zu finden. Mittlerweile war mir das auch egal – alles. Ich kümmerte mich um die beiden Kleinen soweit es ging, aber es ging eben nicht immer. Zuletzt war es eigentlich nur noch Essen hinstellen, mehr packte ich nicht. Logisch, ich merkte auch, wie die immer fetter wurden, weil die den ganzen Tag vor der Glotze hingen, so wie ich auch. Und ich wurde auch immer fetter. Ich sah mich im Spiegel an und ekelte mich vor mir selbst, Alter, Catrin, was ist aus dir geworden. Ich hatte einfach keinen Bock mehr – auf irgendwas.

Imke kam öfter zu uns und sagte mir, ich solle mich nicht so gehen lassen, die hat echt leicht reden, hat sich nie mit so 'nem Penner eigelassen wie Rainer einer war.

Dann fiel mir beim Alten ein Fotoalbum in die Hand, Sommer 83, Mann sah ich gut aus.

Puh, bin Anfang 30, zum Glück habe ich jetzt wieder einen Job. Eine Bäckerei in einem Supermarkt, bin über eine Maßnahme vom Arbeitsamt rangekommen, 30 Kilo habe ich auch abgenommen, vielleicht wird wieder alles gut.

Mit Typen lief nicht mehr viel, hie und da mal ein One - Night - Stand, einem Typen aus so 'ner Tanzbar, war auch eher abstoßend, als geil.

Die Kinder haben echt Schwierigkeiten in der Schule, kein Wunder bei so einer Mutter und so einem Kack-Vater, der nur nach Aufforderung durch meinen Anwalt zahlte.

Papa wird langsam senil. Schade. Das Ferienhaus auf Föhr wird hoffentlich nicht bei drauf gehen, wenn er ins Heim muss. Seit Mutter tot ist, ist gar nix mehr mit ihm los.

Imke meinte, wir sollten noch mal nach Föhr, bevor er ins Gras beißt. Okay, machen wir, dachte ich, obwohl ich Daddy nie verziehen hab, dass er mich damals zu dieser Ausbildung drängte.

Ein paar Jahre war ich auch nicht mehr dort, sieht alles so aus früher.

Waren am Strand, hat uns so ein Typ angeschaut, besonders mich. War echt ein bisschen strange. Als er aus Verlegenheit sein Bauch kratze, sah ich eine Narbe im Bauchbereich, daran konnte ich mich noch erinnern, ewig her.

Am Abend saß ich noch auf der Terrasse, trank meinen 6er-Flens auf, dachte noch an den Jungen, an 83 und wie dumm ich war. In allem. Jetzt war es spät, 23 Uhr, in zwei Tagen machen wir eine neue Filiale auf in einem Einkaufszentrum, die soll ich erst mal übernehmen, bis die richtig läuft.

Ich war auch saumüde, dachte noch einmal kurz an den Typen am Strand, kurz flackerte die Erinnerung auf, lange ist´s her. Ist auch alt geworden, der Typ.

Alle waren schon im Bett, ich blies die Kerze auf dem Tisch aus, drehte mich noch mal um, ob die Kerze wirklich aus war, bevor ich ins Bett ging. Ja, sie war aus. Die war komplett runtergebrannt. Die wird definitiv nie wieder brennen. Safe.

***

Nachtrag
Ich danke Dr. Marita Wilken für ihre Unterstützung und
aufmunternden Worte zu diesem Buch.
Jens Guischard, April 2022